Albani Aragona Bénabou Bloomfield
Brignoli Pusterla Falchetta Fournel
Salon Talon Sampieri Vicari Fabris

Georges Perec

trent'anni dopo

I Quaderni dell'Oplepo

N° 2

 http://www.inriga.it

 info@inriga.it

 https://it-it.facebook.com/inrigaedizioni/

 https://twitter.com/inrigaedizioni

 https://www.linkedin.com/company/in-riga-edizioni-e-literary-agency

Un'intera giornata del convegno *L'ordine e la bellezza* (Napoli, 14-17 novembre 2012) fu dedicata a Georges Perec, a trent'anni dalla sua morte: una personalità, quella dello scrittore de *La Vie mode d'emploi*, tra le più singolari del mondo dell'Oulipo in virtù dell'attività multiforme che la caratterizza, espressione di un progetto di sperimentazione che attraversa molti generi letterari.

Ordine e bellezza, due caratteristiche, l'una possibile conseguenza dell'altra, che si ritrovano nello spirito dell'oulipiano per antonomasia: un ordine legato alle sue costruzioni letterali e alle sue griglie compositive, una *bellezza* che è un esito delle sue affascinanti creazioni.

Gli scritti che seguono riportano il contenuto di quell'incontro denso di interesse e di nuovi stimoli.

Paolo Albani

Perec: costrizione e libertà

In più occasioni Georges Perec si è occupato del rapporto costrizione-libertà, uno snodo concettuale importante per comprendere l'attività dell'Oulipo e dell'Oplepo. In questo intervento cercherò brevemente di rendere conto del pensiero perecchiano sull'argomento attingendo in particolare a due fonti della sua opera non letteraria[1].

Il campo della produzione artistica, e non solo letteraria, viene genericamente (romanticamente) dipinto molto spesso come il "regno della massima libertà" dove l'artista può sbizzarrirsi come meglio crede coltivando gli spunti e le intuizioni della propria fantasia, dove, svincolato da ogni impaccio e legaccio convenzionale o di scuola, ha modo di esercitare e sperimentare, come si dice, la propria creatività.

Posta così, questa considerazione si presenta come una visione quanto meno semplicistica del processo di

---

[1] I testi di riferimento di questo scritto sono: Georges Perec, *La Chose*, un testo inedito ritrovato tra le carte di Perec, che s'interrompe sulla parola 'invenzione', probabilmente redatto nel 1967, anno dell'ingresso di Perec nell'Oulipo; è stato pubblicato in origine sul "Magazine littéraire", 316, décembre 1993, pp. 55-64 e nella traduzione italiana di Sabrina Sacchi su due numeri della rivista "Musica Jazz", 6, giugno 2004, pp. 56-60, e 7, luglio 2004, pp. 32-33 (d'ora in poi citato come MJ, indicando con I e II rispettivamente la prima e la seconda parte); e Georges Perec, *Entretiens et conférences*, volume I 1965-1978, volume II 1979-1981, édition critique établie par Dominique Bertelli et Mireille Ribière, Éditions Joseph K., Nantes, 2003, raccolta di conferenze e colloqui tenuti da Perec nel periodo 1965-1981 presso alcune università e istituzioni culturali in varie parti del mondo, che ci mostrano un Perec nell'inedita veste di commentatore della propria estetica (d'ora in poi citato come EC, indicando con I e II rispettivamente il primo e il secondo volume).

5

formazione di un oggetto artistico che non ne restituisce
l'effettiva complessità. È un'illusione, per dirla con Perec:
«Le mot contrainte est un mot qui fait peur, car on croit gé-
néralement que l'on va se servir du langage en toute liberté;
on a cette illusion de liberté, comme si écrire était une
chose naturelle» (EC, II, p. 303).

In realtà, come sottolinea Eco, per potere inventare liberamente occorre crearsi delle costrizioni che sono fondamentali per ogni operazione artistica[2].

> «Sceglie una costrizione il pittore che decide di usare
> l'olio piuttosto che la tempera, la tela piuttosto che la
> parete; il musicista che opta per una tonalità di partenza
> (poi modulerà, modulerà, ma è a quella che dovrà pur
> tornare); il poeta che si costruisce la gabbia della rima
> baciata o dell'endecasillabo».

Hai bisogno di crearti delle costrizioni, ribadisce Eco,
sebbene devi sentirti libero di cambiarle[3]. Non stupisce perciò che a Perec l'intensa difficoltà di allineare undici
"versi" di undici lettere (l'allusione è al poema eterogram-
matico *Ulcérations* e alle poesie di *Alphabets. Cent
soixante-seize onzains hétérogrammatiques*) sembri niente,
se comparata «à la terreur que serait pour moi d'écrire "de
la poésie" librement» (EC, II, p. 99).

Nel saggio inedito *La Chose* Perec riflette sul *free jazz*
al solo scopo di chiarire questioni che appartengono soprattutto ai problemi di scrittura. Ciò che Perec ama nel jazz è
la libertà nella *contrainte*, nell'imposizione di una struttura
(EC, II, p. 39). La metafora musicale torna spesso nelle riflessioni perecchiane: fare degli esercizi *à contrainte* è un
impegno paragonabile a quello del musicista che, prima di
suonare Schumann o Debussy, fa delle scale al pianoforte

---

[2] Umberto Eco, "Postille a *Il nome della rosa*", 1983 ne *Il nome della rosa*,
Bompiani, Milano, 2004, pp. 505-533; la citazione è a p. 514.

[3] Umberto Eco, "Come scrivo", in *Sulla letteratura*, Bompiani, Milano,
2002, pp. 324-359, si cita da pp. 346-347.

(EC, II, p. 96, p. 281, p. 309): «Ces exercises me permettent de me dérouiller [sgranchire] l'esprit, comme un pianiste se dérouille les doigts» (EC, I, p. 228); l'oulipiano lavora un po' come i musicisti, esegue delle permutazioni (EC, II, p. 253).

Ne *La Chose* c'è un paragrafo intitolato "Contrainte et liberté" dove Perec afferma che costrizione e libertà definiscono i due assi di ogni sistema estetico (MJ, I, pp. 57-59). È un rilievo importante perché pone l'accento sul fatto che bisogna tenere uniti i due poli presi in esame, solo in apparenza incompatibili. Ponendo in un asse cartesiano costrizione e libertà, osserva Perec, si dimostra sufficientemente che esse sono funzioni indissociabili nel compimento dell'opera: la costrizione non impedisce la libertà, anzi la favorisce, mentre la libertà dal canto suo è ciò che nasce dalla costrizione. Sembra che alcuni sistemi propendano più dalla parte della costrizione, dice Perec, portando a esempio, fra gli altri, il sonetto, il romanzo epistolare, la fuga e che altri, invece, propendano più dalla parte della libertà come il racconto, la poesia, un quadro, ma questa distinzione è artificiale: qualsiasi forma di letteratura passa attraverso una serie di costrizioni lessicali, sintattiche, retoriche e criptoretoriche. Non esiste un sistema più o meno libero o più o meno costretto, puntualizza Perec, perché costrizione e libertà rappresentano precisamente il sistema; si può, tuttavia, misurare il grado di compiutezza (o di perfezione, se si preferisce) di un sistema sulla base del rapporto costrizione-libertà o, in altri termini, a livello della sovversione che tale sistema consente.

A questo punto, riferendosi al concetto di *clinamen* o «libero arbitrio» come lo chiama Jacques Roubaud, concetto che indica uno scarto, uno sbandamento dalle regole che aumenta ancor più la potenzialità dell'opera[4], Perec cita una frase del suo pittore preferito, cioè Paul Klee, che

---

4   Il termine, ripreso dalla fisica di Epicuro dove indica una deviazione spontanea degli atomi, è transitato in Lucrezio e poi nella 'Patafisica' di Alfred Jarry.

«n'a jamais fait deux fois de suite le même tableau», e osserva come anch'egli, al pari del pittore svizzero, si è preoccupato che i propri libri fossero sempre differenti l'uno dall'altro. La frase di Klee, ripetuta da Perec nel córso di varie conferenze (EC, I, p. 241, p. 281; II, p. 202, p. 317), è questa: «Il genio è l'errore nel sistema»: intendendo con ciò che più dura è la legge e più l'eccezione sarà eclatante, mentre più stabile è il modello e più s'impone la deviazione (MJ, I, p. 58).

Del resto c'è da aggiungere che le regole non sono mai un fatto puramente tecnico, del tutto arbitrario: la lettera mancante ne *La Disparition*, cioè la *e*, omofona di 'eux' [essi], com'è noto, rimanda allusivamente alla scomparsa dei genitori di Perec, *père* e *mère*; il riferimento costante nell'opera perecchiana al numero 11 – il palazzo de *La Vie mode d'emploi* si trova al numero 11 di rue Simon-Crubellier, una via immaginaria situata nel XVII arrondissement; *Alphabets* allinea una serie di 11 poemi di 11 versi di 11 lettere; *Quel petit vélo à guidon chromé au fond de la cour?* è composto da 11 parole; ecc. – è un omaggio, quel numero 11, alla data di morte della madre di Perec avvenuta l'11 febbraio 1943, una data stabilita per decreto, e dunque convenzionale come le regole oulipiane, poiché della madre di Perec, dopo l'internamento a Drancy il 23 gennaio 1943, non si seppe più nulla.

In una conferenza tenuta all'Università di Copenaghen il 29 ottobre 1981 Perec afferma che la *contrainte* non è percepita come una prova o una restrizione, bensì come uno stimolo alla creatività, al pari di «une pompe, une pompe aspirante où, à travers l'exercice de la contrainte, on va arriver à produire quelque chose». Perec nota che in inglese si distingue fra *constraint* (dall'antico francese 'constraindre') dove è la nozione di obbligo a dominare, e *restraint* (dall'antico francese 'restraindre') dove al contrario è quella di limite a prevalere (EC, II, p. 309), facendo intendere con ciò che è il primo termine a essere quello più aderente allo spirito dell'attività regolata dell'Oulipo poiché l'obbligo insito nella parola *contrainte* non è limitante, bensì al contrario motivo di stimolazione creativa.

Nella stessa conferenza Perec riporta una definizione dello scrittore oulipiano, che giudica «très élégante», attribuendola a Calvino[5]:

> «ci sono corridori a piedi che si chiamano *sprinters* (velocisti), che sono molto, molto bravi quando corrono in linea dritta sui cento metri; ne esistono altri che sono migliori quando, sulla pista, mettono degli ostacoli, si chiamano corridori a ostacoli: 110 metri ostacoli, 400 metri ostacoli, ecc. In effetti, l'oulipiano fa un po' la cosa seguente: per arrivare a scegliere quello che vuole, comincia mettendo un certo numero di ostacoli sul cammino che lo conduce a ciò che cerca, e questi ostacoli si chiamano *contraintes*, regole».

Un'altra definizione citata da Perec descrive un oulipiano come uno scrittore "non jourdainiano". Ma chi è uno scrittore jourdainiano? È un signore che, come Monsieur Jourdain de *Il borghese gentiluomo* di Molière, fa della prosa senza saperlo. Ora, spiega Perec, un oulipiano è qualcuno che vorrebbe fare della prosa sapendo di farla. Un'ultima definizione dello scrittore oulipiano, fra le più illuminanti, cui accenna Perec nella sua conferenza, indica lo scrittore oulipiano come uno che, nei confronti del linguaggio e della letteratura, della scrittura, delle forme del passato, si comporta allo stesso modo di un bambino cui hanno regalato una sveglia; il bambino smonta la sveglia per sapere come funziona; la stessa cosa prova a farla l'oulipiano con il linguaggio: cerca di smontarlo per vedere come funziona e cosa c'è dentro (EC, II, p. 309).

---

[5] In una nota Dominique Bertelli e Mireille Ribière, curatrici di EC, affermano di non aver trovato questa definizione nei testi tradotti in francese di Italo Calvino (EC, II, nota 4, p. 309).

Nel lavoro dello scrittore oulipiano la *contrainte*, che può essere molle o dura, visibile o invisibile[6], è «un bon échafaudage [ponteggio, impalcatura]», dice Perec, che può permettere di costruire molto bene l'opera di Sydney (Perec pronuncia questa frase durante una conferenza tenuta a Melbourne il 6 ottobre 1981) (EC, II, p. 291). La *contrainte* è un po' come la dinamite che lo scrittore mette sotto il sistema per farlo esplodere (EC, II, p. 321). In un altro passaggio di una sua conferenza Perec confessa che trova nei sistemi di *contrainte* «un refuge»:

> «J'en ai besoin. Pour écrire de la poésie, je fais appel à l'anagramme, à l'acrostiche ou à quelque autre procédé qui la justifie, mais je serais incapable d'écrire de la poésie en la revendiquant comme poésie» (EC, I, p. 229).

Amo moltiplicare i sistemi di *contrainte* quando scrivo, afferma Perec; queste costrizioni sono, come già abbiamo visto in precedenza, «les pompes aspirantes» della mia immaginazione (EC, I, p. 228). E tornando sul tema della libertà, dice senza mezzi termini: «Je me donne des règles pour être totalment libre» (EC, I, p. 208).

Questo concetto della libertà che si esplica e si realizza, anzi di più che si amplifica attraverso il rispetto di regole, ha come presupposto almeno due idee:

1) da un lato un'idea di letteratura «comme un faire, comme une activité "poïétique" – je veux dire de fabrication», dice Perec; rimproverano gli oulipiani «de taper à boulets rouges [sparare a zero] sur ce qu'on appelle

---

[6] «On a discuté à l'Oulipo, pendant des jour et des jours, sur le problème: "Est-ce-qu'il faut ou non montrer la contrainte?" Harry Mathews [...] pense qu'il ne faut pas montrer la contrainte. Calvino pense que si: un livre comme *Le Château des destins croisés* montre la contrainte. [...] Inversement, dans *Si par une nuit d'hiver un voyageur*, il ne donne pas les clés qui sont très importantes. Nabokov non plus n'a jamais dévoilé ses clés: j'ai lu récemment, par exemple, que le chiffre 52 est extrêmement important dans *Lolita*» (EC, II, p. 171).

l'inspiration, sur l'écrivain génial qui a sa muse au-dessus de sa tête» (EC, II, p. 320). In effetti «Les gens qui parlent de message, d'inspiration, de muse, et tout ce qui rappelle la vieille image hugolienne [cioè relativa a Victor Hugo] de l'écrivain démiurge nous ennuyaient un peu» (EC, II, p. 254). «L'écriture», argomenta Perec, «est un acte culturel et uniquement culturel. Il y a uniquement une recherche sur le pouvoir du langage» (EC, I, p. 81). Alla stessa maniera la pensa il suo amico Calvino (con il quale Perec avrebbe dovuto scrivere un romanzo epistolare incrociato, progetto rimasto incompiuto per la prematura e improvvisa scomparsa dello scrittore francese): anche per Calvino la letteratura non si risolve in un problema d'ispirazione discesa da chissà quali altezze o d'intuizione pura o di rispecchiamento delle strutture sociali o di presa diretta della psicologia del profondo, come vogliono le varie estetiche del novecento; la letteratura è piuttosto

> «un'ostinata serie di tentativi di far stare una parola dietro l'altra seguendo certe regole definite, o più spesso regole non definite né definibili ma estrapolabili da una serie di esempi o protocolli, o regole che ci siamo inventate per l'occasione cioè che abbiamo derivato da altre regole seguite da altri»[7].

La verità di portata generale che vuole dimostrare Perec, sostiene Calvino, è che «il meccanismo più artificiale è in grado di risvegliare in noi i demoni poetici più inaspettati e più segreti»[8].

2) dall'altro lato, il concetto di libertà amplificata nel rispetto di regole muove da un'idea di letteratura «comme

---

[7] Italo Calvino, "Cibernetica e fantasmi (Appunti sulla narrativa come processo combinatorio)", in *Una pietra sopra. Discorsi di letteratura e società*, Einaudi, Torino, 1980, pp. 171-172.

[8] Italo Calvino, *Perec, gnomo e cabalista*, "la Repubblica", 6 marzo 1982, ora anche con il titolo "Ricordo di Georges Perec" in Italo Calvino, *Saggi 1945-1985*, a cura di Mario Barenghi, 2 voll., Mondadori, Milano, 1995, pp. 1388-1392, si cita da pag. 1389.

une activité ludique, comme un jeu. Nous [oulipiens] pensons que le ludisme et le jeu sont des choses sérieuses» (EC, II, 254). Qui Perec riprende un concetto che già si trova espresso nel Primo Manifesto dell'Oulipo scritto nel 1973 da François Le Lionnais, dove si dice: «Quando sono i poeti a farli, divertimenti, burle e soperchierie appartengono alla poesia. La letteratura potenziale resta dunque la cosa più seria del mondo»[9]. Il gioco è il terreno dove meglio si decanta l'intreccio fra regole e libertà che sta tanto a cuore a Perec. Oltre che separata, ovvero circoscritta entro precisi limiti di tempo e di spazio fissati in anticipo, incerta, improduttiva e fittizia, l'attività che presiede al gioco è in primo luogo libera e regolata, in quanto sottoposta a convenzioni che sospendono le leggi ordinarie[10]. È una caratteristica messa bene in luce dal semiologo Greimas, amico di Calvino, che in un saggio dedicato al gioco, all'inizio del paragrafo intitolato "Costrizione e libertà", come quello di Perec da cui sono partito, scrive:

> «Il gioco appare allo stesso tempo come un sistema di costrizioni, formulabili in regole, e come un esercizio di libertà, come una distrazione. A prima vista tuttavia questa libertà consiste in un atto puntuale limitato all'entrata nel gioco attraverso un'assunzione volontaria delle regole costrittive. L'entrata è libera, ma non l'uscita: il giocatore non può né abbandonare il gioco, poiché si affloscerebbe, né smettere di obbedire alle regole, poiché allora barerebbe. Il codice del fair play è a suo modo rigoroso quanto il codice d'onore»[11].

---

[9] François Le Lionnais, "La LEPO (Il primo Manifesto)", in Oulipo, *La letteratura potenziale (Creazioni Ri-creazioni Ricreazioni)*, edizione italiana a cura di Ruggero Campagnoli e Yves Hersant, Editrice CLUEB, Bologna, 1985, pp. 17-21, si cita da p. 20. Il termine LEPO sta per LEtteratura POtenziale.

[10] Roger Caillois, *I giochi e gli uomini. La maschera e la vertigine*, con una nota di Giampaolo Dossena, Bompiani, Milano, 1981, p. 26.

[11] Julien Algirdas Greimas, "A proposito del gioco", in *Miti e figure*, trad. it. di Francesco Marsciani, Esculapio, Bologna, 1995, pp. 215-220, si cita da p. 215.

L'elemento giocoso ritorna nelle affermazioni che Calvino rilascia nel 1973 (l'anno del suo ingresso effettivo nell'Oulipo) durante un colloquio con Ferdinando Camon. Calvino dichiara che si sente vicino ai membri dell'Oulipo, «un gruppo che nessuno sa che esiste» dice ironicamente[12], per il loro rifiuto della gravità che la cultura francese impone dappertutto, anche dove sarebbe necessaria un po' di autoironia. Gli oulipiani, ad esempio, considerano la scienza, prosegue Calvino, non in modo grave ma come gioco «secondo quello che è sempre stato lo spirito degli scienziati veri, del resto. Certo anche in loro [negli oulipiani] – commenta Calvino un po' amaramente – in questo scherzare per partito preso, in questa meticolosità da collaboratori della "Settimana enigmistica", c'è una dimensione eroica, un nichilismo disperato»[13].

---

[12] In "Perec, gnomo e cabalista", cit., Calvino definisce l'Oulipo «una specie di società segreta».

[13] Italo Calvino, "Colloquio con Ferdinando Camon", uscito in Ferdinando Camon, *Il mestiere di scrittore. Conversazioni critiche*, Garzanti, Milano, 1973, ora anche in Italo Calvino, *Saggi 1945-1985*, cit., pp. 2774-2796, si cita da pp. 2789-2790.

Raffaele Aragona
Perec e l'arte di elencare

La prima lista fu forse quella di Mosè, poi ve ne furono altre e la storia della letteratura ne è ricca: da Esiodo a Borges, da Omero a Joyce, da Ezechiele a Gadda. Spesse volte si tratta di elenchi stesi per il solo gusto dell'enumerazione, per la loro musicalità o, ancora, per una sorta di piacere vertiginoso. È una lista, per esempio, anche quella di Leporello che enumera a Donna Elvira le conquiste di Don Giovanni[1].

Oggi la lista è diventata di moda[2]; l'ha ripresa mirabilmente anni addietro Umberto Eco nel suo *Vertigine della lista*[3] ch'è tutto un insieme di liste d'ogni genere; qualche anno fa la lista è stata addirittura il filo conduttore delle puntate di una trasmissione televisiva[4] nella quale Roberto Saviano, esibendosi in un'altra ancóra delle sue ormai tante attività, andava facendo un elenco delle cose per cui valesse la pena vivere e quindi delle cose che si vorrebbe fare appena possibile, invitando quindi i lettori a stilarne uno personale; una lista può essere lo spunto per la trama di un romanzo come accade per quella ritrovata dalla protagonista di un libro di Gold Robin[5]; ancóra di recente l'ha ripresa Meri Lao per un suo delirante e corposissimo saggio

---

[1] "Madamina, il catalogo è questo" (*Don Giovanni*, di Mozart, libretto di Lorenzo Da Ponte).

[2] Cfr. più innanzi, Marcel Bénabou, *L'influenza di Perec sulla letteratura francese contemporanea*.

[3] Umberto Eco, *Vertigine della lista*, Bompiani, 2009.

[4] *Che tempo che fa*, Rai 3, condotta da Fabio Fazio.

[5] Gold Robin, *La lista dei desideri dimenticati*, Garzanti, 2012.

sul numero 7 attraverso numerosissime (707) occorrenze[6]; l'aveva ripresa ancor prima Francesco Durante in un suo libricino nel quale, tra le tante sue composizioni, c'era un "catalogo" di centoquarantuno isole italiane elencate in quarantadue endecasillabi in rima, l'ultimo dei quali riferentesi a Capri: «una ne manca, forse la più bella»[7].

In tutto questo fiorire, però, l'autore più significativo di questo genere è stato forse Georges Perec il quale è stato anche un teorico della classificazione, oltre a esercitarla concretamente[8]. Una lista di 37 elementi è quella formulata sotto il titolo "Alcune cose che dovrei pur fare prima di morire", in *Je suis né*[9], con una forma pressappoco simile a quella usata da Saviano; Perec non tocca temi fondamentali o profondi ma esprime desideri di poco conto legati a fatti marginali e di vita quotidiana: «fare una passeggiata sui *bateaux mouches*», «ordinare una volta per tutte la mia biblioteca», «vivere in campagna», «andare oltre il circolo polare», «imparare a suonare la batteria», «piantare un albero (e guardarlo crescere)» ecc. Lo scrittore francese, per altro, aveva utilizzato questa forma letteraria in varie occasioni come nella sua *Tentative d'épuisement d'un lieu parisien*[10], un'elencazione di tutto quanto càpita alla vista di un osservatore attento situato in un angolo di Place

---

[6]   Meri Lao, *Dizionario maniacale del sette*, DigiSet, 2013.

[7]   Francesco Durante, *Donnacapra catoblepa*, Edizioni La Conchiglia, 1993.

[8]   Carlo Mazza Galanti, in un articolo sulla rivista "Lo Straniero", elaborò una lista delle liste di Perec partendo dal "Tentativo d'inventario degli alimenti solidi e liquidi che ho ingoiato nel córso dell'anno millenovecentosettantaquattro" per arrivare al "Tentativo di inventario di alcune cose che sono state trovate nelle scale nel córso degli anni".

[9]   Georges Perec, *Je suis né*, Éditions du Seuil, 1990 (trad. it. *Sono nato*, a cura di Roberta Delbono, Bollati Boringhieri, 1992).

[10] Georges Perec, *Tentative d'épuisement d'un lieu parisien*, UGE, 1975, Christian Bourgois éditeur, 1982 (trad. it. *Tentativo d'esaurire un luogo parigino*, a cura di Eileen Romano, Baskerville, 1989 - *Tentativo d'esaurimento di un luogo parigino*, a cura di Alberto Lecaldano, Voland, 2011).

Saint-Sulpice, a Parigi; o ancora nel suo *Je me souviens*[11], una raccolta, più che di ricordi intimistici, di annotazioni saltuarie prive di un logico collegamento ma pur capaci di condurre il lettore attraverso il labirinto dei sentimenti e degli stati d'animo dell'autore, capaci addirittura di sollecitarlo a ripetere in proprio l'esperimento: tanto che Perec pregava l'editore affinché lasciasse, in fine, alcune pagine in bianco proprio a uso lettori.

Penser/Classer[12], poi, risulta per molta parte quasi un inno alla catalogazione, alla nomenclatura non più in voga, una sorta di celebrazione appassionata dell'elencazione apparentemente maniacale cui Perec si mostra sempre non nuovo, avendone offerto varie volte esempi notevoli in altre sue opere. "Note su ciò che cerco" è il primo degli articoli riproposti, quello che, bene a ragione, i curatori dell'opera hanno situato in apertura. Esso dichiara esplicitamente la collocazione (impossibile) di uno scrittore che ha sempre "evitato" di ripetersi nelle sue molteplici attività letterarie, molteplici per genere, per forma e per metodo. A volte la lista pare debba sostituire la tradizionale necessità della caratterizzazione dell'ambiente; altre volte l'elencazione e la classificazione hanno per Perec la funzione di estirpare dagli oggetti le tradizionali connotazioni dell'uso quotidiano tentando, così, di assegnar loro una nuova condizione e una nuova collocazione; altre volte come in "Brevi note sull'arte e il modo di sistemare i propri libri", la catalogazione non è il contenuto del testo ma diventa argomento di riflessione, di studio dei criteri che possono regolarla. Nel testo che chiude la raccolta di *Penser/Classer* e gliene dà il titolo, Perec analizza tutti gli aspetti della classificazione e dell'arte di enumerare, tentando di trasferire al lettore le

---

[11] Georges Perec, *Je me souviens*, Hachette, 1978 (trad. it. *Mi ricordo*, a cura di Dianella Selvatico Estense, Bollati Boringhieri, 1988).

[12] Georges Perec, *Penser/Classer*, Hachette, 1985 (trad. it. *Pensare/Classificare*, a cura di Sergio Pautasso, Rizzoli, 1989).

proprie «ineffabili gioie» con una trattazione sistematica e densa di osservazioni chiarificatrici:

> «In ogni enumerazione ci sono due tentazioni contraddittorie: la prima è quella di censire TUTTO, la seconda di dimenticare comunque qualcosa; la prima vorrebbe chiudere definitivamente la questione, la seconda lasciarla aperta; tra l'esaustivo e l'incompiuto, l'enumerazione mi sembra che sia, prima di ogni pensiero (e prima di ogni classificazione), il segno indiscutibile di questo bisogno di nominare e riunire, senza il quale il mondo (e la vita) rimarrebbe per tutti noi privo di "storia"».

Una maniera di scrivere diversa, questa della lista; una maniera di scrivere che, ad esempio, anziché approfondire l'indicibile per ricostruire la struttura di un "io" disperso e angosciato, predilige la catalogazione, l'ironia, l'esplorazione attenta e minuziosa della superficie delle cose; una maniera di fare letteratura che forse crede più nella combinatoria delle strutture, nel sistematico gioco delle apparenze, che in quello espressivo/comunicativo della letteratura/cultura tradizionale. Di questa tendenza Georges Perec è certamente un rappresentate di rilievo e non è casuale che egli appartenga all'Oulipo, a quella "fabbrica di letteratura potenziale" che, al di là di un tentativo di riabilitazione dell'artificio letterario derivante dall'uso di strutture estremamente restrittive, ha promosso e promuove, più o meno inconsapevolmente, una sorta di espansione linguistica e una modificazione dei tradizionali schemi narrativi. L'uso della lista conduce Perec addirittura a riflettere sulla propria produzione letteraria e a elencare i propri lavori offrendone una chiave di lettura, come accade in *Penser/Classer* [13]:

---

[13] Più specificamente in "Note su ciò che cerco".

«[...] i libri che ho scritti si rifanno a quattro campi diversi, a quattro modi di interrogare che, alla fine, pongono forse tutti la stessa domanda, ma secondo prospettive particolari che ogni volta corrispondono per me a un diverso tipo di lavoro letterario. La prima di queste interrogazioni può essere considerata di tipo "sociologico": come guardare il quotidiano, ed è all'origine di testi come *Les Choses* [...]; la seconda è di ordine autobiografico: *W ou le souvenir d'enfance*, *La Boutique obscure*, *Je me souviens*, *Lieux où j'ai dormi*, ecc.; la terza, ludica, rinvia al mio gusto per i contrasti, le prodezze, le "gamme", e a tutti i lavori per i quali le ricerche dell'OuLiPo mi hanno dato l'idea e i mezzi: palindromi, lipogrammi, pangrammi, anagrammi, isogrammi, acrostici, parole incrociate, ecc.; la quarta, infine, riguarda il romanzesco, il gusto per le storie e le peripezie, la voglia di scrivere libri che si divorano stando comodamente a letto: *La Vie mode d'emploi* ne è l'esempio tipico».

È nel romanzo totale, infatti, ne *La Vie mode d'emploi*, che Perec trasporta la lista a un'altra dimensione; qui essa non è esplicitamente esposta nel testo, ma ne costituisce l'ossatura o, per lo meno, una caratteristica ricorrente dell'impianto dell'intera opera: una lista di imposizioni riunite in 99 elenchi che costituiscono il suo *"Cahier de charges"*[14].

«Au départ, j'avais 420 éléments, distribués par groupes de dix: des noms de couleurs, des nombres de personnages par pièces, des événements comme l'Amérique avant Christophe Colomb, l'Asie dans l'Antiquité ou le Moyen Âge en Angleterre, des détails de mobilier, des citations littéraires, etc. Tout ça me fournissait une sorte d'armature [...]. J'avais, pour ainsi dire, un cahier des

---

[14] Georges Perec, *Cahier des charges de "La Vie mode d'emploi"*, a cura di Hans Hartje, Bernard Magné e Jacques Neefs, Zulma, 1993.

charges: dans chaque chapitre devaient rentrer certains
de ces éléments. Ça c'était ma cuisine, un échafaudage
que j'ai mis près de deux ans à monter [...] »[15].

In ognuno dei 99 capitoli del romanzo sarà presente un elemento di ciascuna delle 42 categorie che costituiscono l'ossatura del romanzo. I 99 elenchi, uno per capitolo, sono il suo *"cahier des charges"* e da quei 99 fogli nasce *La Vita istruzioni per l'uso*. Se alcune delle storie narrate erano state scritte da Perec in tempi precedenti, altre sono generate proprio dagli elenchi e dai relativi elementi che le compongono: essi restano il cuore dell'idea compositiva del romanzo.

---

[15] «All'inizio avevo 420 elementi distribuiti a gruppi di dieci: nomi di colori, numero dei personaggi da mettere in ogni stanza, avvenimenti come l'America prima di Cristoforo Colombo, l'Asia nell'Antichità o il Medioevo in Inghilterra, particolari di mobilio, citazioni letterarie, ecc. Tutto ciò mi forniva una specie d'armatura [...]. Avevo, per così dire, un "capitolato": in ciascun capitolo dovevano rientrare alcuni di questi elementi. Questi erano i miei attrezzi, una impalcatura che ho impiegato quasi due anni a montare [...]», ("Magazine littéraire", n. 141, octobre 1978, entretien avec Jean-Jacques Brochier).

Marcel Bénabou

L'influenza di Perec
sulla letteratura francese contemporanea

Uno dei grandi meriti di Perec è di essere stato un instancabile inventore di modelli formali, ecco perché in questa giornata dedicata a Perec, mi sono chiesto se, al fine di raddoppiare gli omaggi, avrei potuto dare alla forma stessa del mio intervento un tono perecchiano. Incominciando, per esempio, dal titolo. Al titolo un po' troppo accademico che compare sul programma ("L'influenza di Perec sulla letteratura francese contemporanea"), si potrebbe provare a sostituirne un altro, ispirato a un'espressione che Perec amava molto: il "tentativo di esaurimento". È un'espressione che egli ha più volte utilizzato nelle sue opere, e che è altamente emblematica del suo modo di lavorare, sempre teso verso un'esaustività che egli riconosce come irraggiungibile. Dunque mi sarebbe piaciuto che la mia relazione potesse avere come titolo: "Tentativo di esaurimento dei diversi modi di trovare Perec negli autori francesi contemporanei". Ma ho dovuto rinunciarvi presto. L'argomento è così vasto che non potrebbe mai essere esaurito nello spazio qui a disposizione.

Per questo mi consolerò attingendo, nel córso del mio intervento, ad alcuni dei procedimenti caratteristici del metodo perecchiano: l'attenzione ai minimi dettagli, la propensione alla lista, il gioco intertestuale, il gusto della citazione. Così un poco dello spirito di Perec sarà comunque presente nella forma di questa relazione, e io avrò modo di situarmi nel solco da lui tracciato, proprio come gli scrittori che vado ora a citare.

La posizione di Perec

Credo di non aver bisogno di ricordare la singolarità del destino postumo di Perec e della sua opera. Trent'anni dopo la sua prematura scomparsa, occupa un posto molto speciale, testimoniato da alcuni piccoli fatti che vado a elencare poiché la loro stessa quantità mi sembra significativa. Si tratta di diverse espressioni che sono state proposte per caratterizzare tanto l'autore quanto la sua opera.

Al momento della pubblicazione della *Vita istruzioni per l'uso*, Calvino non ha esitato a dichiarare che si trattava dell'«ultimo grande avvenimento nella storia del romanzo».

Nel fascicolo della *Bibliothèque Oulipienne* consacrato a Perec poco dopo la sua morte, il patafisico Luc Étienne ha intitolato il suo contributo «Ce repère Perec».

Per il tema di un convegno organizzato a Rabat sull'opera di Georges Perec, l'universitario Jean-Luc Joly non ha esitato a ricorrere al termine di «mitizzazione»[1]. In effetti Perec ai suoi occhi è diventato un vero e proprio mito (come Etiemble aveva parlato a suo tempo del mito di Rimbaud). Mito inteso nel senso di «ricezione amplificata al punto di andare oltre i limiti del letterario, ma anche e soprattutto ricezione creatrice che, partendo dall'opera, genera nuove applicazioni»[2].

Lo stesso Jean-Luc Joly dichiara che «l'opera di Perec figura oggi come una sorta di matrice della creazione contemporanea, una specie di risorsa della modernità»[3].

Infine, nel suo contributo al convegno di Rabat, il critico J-P. Salgas, adottando e adattando un'espressione che Malraux usò per Gide, chiama Perec «contemporaneo capitale

---

[1] Jean-Luc Joly éd., *L'Œuvre de Georges Perec : réception et mythisation* (atti del convegno di Rabat), Rabat, Publications de la Faculté des Lettres et Sciences humaines de l'Université Mohammed-V, collection «Colloques et séminaires» n. 101, 2002, pp. 299-303.

[2] «réception agrandie au point de dépasser les limites du littéraire, mais aussi et surtout réception créatrice qui, prenant appui sur l'œuvre, génère des applications nouvelles » *Ibid.*, p.37.

[3] «l'œuvre de Perec paraît constituer aujourd'hui comme une matrice de la création contemporaine, une œuvre-ressource de la modernité» *Ibid.*, p. 39.

postumo»[4], «punto di riferimento», «mito creatore», «matrice della creazione contemporanea», «capitale contemporaneo», tutte queste espressioni, molto audaci, sono tanto impressionanti quanto giustificate. In effetti il riferimento a Perec è divenuto ricorrente, sia presso gli scrittori che presso gli artisti contemporanei, al punto che l'Association Perec ha potuto consacrare a questo fenomeno molti studi raccolti e pubblicati nei "Cahiers Georges Perec": il n.10 intitolato *Perec et l'art contemporain*[5], e il n.11 intitolato *Filiations perecquiennes*[6], due volumi rispettivamente di 520 e di 270 pagine da cui ho tratto una parte delle informazioni e cui mi permetto di rinviare.

Le ragioni di un successo

A cosa si deve un tale successo? Le ragioni sono molteplici.

Si tratta prima di tutto di una questione di immagine: Perec, percepito come uno scrittore accessibile, amichevole, fraterno, e persino «democratico» secondo l'espressione di Claude Burgelin, ha svolto e svolge ancora per i giovani scrittori, non tanto il ruolo di modello o di fonte, ma forse quello ancora più importante di sostenitore, di stimolatore, di «facilitatore»; la sua influenza ha permesso persino ad alcuni, come affermano esplicitamente scrittori come Martin Winckler o Xabi Molia, di perdere il complesso della scrittura, come se la sua esistenza, la sua presenza nel campo delle lettere avesse dato loro una sorta di autorizzazione a lanciarsi nel lavoro di scrittura. Un ostetrico insomma.

Ciò detto, va sottolineato un altro tratto distintivo, una particolarità sulla quale Perec stesso ha avuto più volte occasione di insistere: la diversità, voluta e sapientemente organizzata, della sua opera. È ciò che egli stesso non ha esitato a definire la sua «versatilità sistematica». È nota la

---

4   «contemporain capital posthume».
5   Jean-Luc Joly (éd.), *Perec et l'art contemporain*, "Cahiers Georges Perec", n.10, Castor Astral, 2010.
6   Maryline Heck (éd.), *Filiations perecquiennes*, "Cahiers Georges Perec", n.11, Castor Astral, 2011.

dichiarazione, citata spesso ma non sempre ben compresa, che apre il testo significativamente intitolato: "Note su ciò che cerco":

> Se tento di definire ciò che ho cercato di fare da quando ho incominciato a scrivere, la prima idea che mi viene in mente è che non ho mai scritto due libri simili, non ho mai avuto il desiderio di riprendere in un libro un'espressione, un sistema o una maniera elaborata in un libro precedente[7].

Dichiarazione di capitale importanza : stando alle sue stesse parole, Perec si vedeva prima di tutto come un "ricercatore", e a questo titolo si è impegnato a fare di ciascuno dei suoi libri un'esperienza originale, un nuovo terreno d'esplorazione, in aperta rottura con i canoni comunemente ammessi all'epoca, che fossero quelli del romanzo realista classico, del *Nouveau Roman* o di *Tel Quel*. Non stupisce, a queste condizioni, che un tale modo di procedere abbia potuto ispirare tanti giovani e meno giovani autori in cerca di novità, e che l'opera rigogliosa che ne è risultata abbia potuto suscitare una posterità altrettanto abbondante.

Per presentare la panoramica più esaustiva possibile, si potrebbe essere tentati di prendere tutti i libri di Perec e di esaminare, per ciascuno di essi, l'influenza diretta o indiretta che hanno potuto avere su tale artista o gruppo di artisti contemporanei. Ci sarebbe materiale a sufficienza per compilare tutta una serie di liste… ma nel caso specifico possiamo evitare una tale dispersione. Per affrontare l'insieme della sua opera, Perec stesso ci fornisce un principio di classificazione che ci permetterà di orientarci.

---

[7] *«Si je tente de définir ce que j'ai cherché à faire depuis que j'ai commencé à écrire, la première idée qui me vient à l'esprit est que je n'ai jamais écrit deux livres semblables, que je n'ai jamais eu envie de répéter dans un livre une formule, un système ou une manière élaborée dans un livre précédent»*. Pubblicata dapprima su *Le Figaro* dell'8 dicembre 1978, p. 28. Poi ripresa nel volume *Penser/Classer*, Seuil, 2003, p. 9.

Egli si paragona a «un contadino che coltiva contemporaneamente diversi terreni». Mi sia permessa una lunga citazione:

> I libri che ho scritto si collegano a quattro àmbiti differenti, quattro modi di interrogare la realtà che forse in fin dei conti pongono la stessa domanda, ma la pongono da prospettive particolari che ogni volta per me corrispondono a un diverso tipo di lavoro letterario. Il primo di questi modi può essere definito "sociologico": come osservare il quotidiano; sta alla base di testi come *Le cose, Specie di spazi, Tentativo di descrizione di alcuni luoghi parigini*, e del lavoro compiuto con l'équipe di 'Cause commune' intorno a Jean Duvignaud e Paul Virilio; il secondo è d'ordine autobiografico: *W o il ricordo d'infanzia, La bottega oscura, Mi ricordo, Luoghi in cui ho dormito*, ecc ; il terzo, ludico, rimanda alla mia passione per le *contraintes*, le prodezze, le "serie", a tutti i lavori ideati e attuati grazie alle ricerche dell'OuLiPo: palindromi, lipogrammi, pangrammi, anagrammi, isogrammi, acrostici, parole incrociate, ecc.; il quarto, infine, concerne il romanzesco, il gusto per le storie e le avventure, il desiderio di scrivere libri che si divorano stando sul letto a pancia in giù; *La Vita istruzioni per l'uso* ne è il tipico esempio[8].

---

[8] «Les livres que j'ai écrits se rattachent à quatre champs différents, quatre modes d'interrogation qui posent peut-être en fin de compte la même question, mais la posent selon des perspectives particulières correspondant chaque fois pour moi à un autre type de travail littéraire. La première de ces interrogations peut être qualifiée de "sociologique" : comment regarder le quotidien; elle est au départ de textes comme *Les Choses, Espèces d'espaces, Tentative de description de quelques lieux parisiens*, et du travail accompli avec l'équipe de Cause commune autour de Jean Duvignaud et de Paul Virilio; la seconde est d'ordre autobiographique: *W ou le souvenir d'enfance, La Boutique obscure, Je me souviens, Lieux où j'ai dormi*, etc.; la troisième, ludique, renvoie à mon goût pour les contraintes, les prouesses, les "gammes", à tous les travaux dont les recherches de l'OuLiPo m'ont donné l'idée et les moyens : palindromes, lipogrammes, pangrammes, anagrammes, isogrammes, acrostiches, mots croisés, etc. ; la quatrième, enfin, concerne le romanesque, le goût des histoires et des péripéties, l'envie d'écrire des livres qui se dévorent à plat ventre sur son lit ; *La Vie mode d'emploi* en est l'exemple type ».

Perec tuttavia si affretta ad aggiungere che questa ripartizione potrebbe essere sfumata, poiché accade spesso che questi àmbiti si sovrappongano.

Quattro figure per quattro àmbiti, ovvero a ciascuno il suo Perec

Ci troviamo dunque di fronte a un autore che ci presenta quattro immagini diverse: quella del sociologo, dell'autobiografo, dell'oulipiano, dell'appassionato di storie romanzesche. Nel n.11 dei *Cahiers Georges Perec* si è dato conto di un'esperienza interessante nella quale si è invitato un certo numero di giovani scrittori a situarsi all'interno di queste quattro immagini[9]. Ecco la lista: François Bégaudeau, Thomas Clerc, Marie Darrieussecq, Jacques Jouet, Xabi Molia, Christine Montalbetti, Valérie Mréjen, Nathalie Quintane, Philippe Vasset, Martin Winckler. Non si può evitare di essere affascinati, talvolta persino divertiti, dall'estrema diversità delle loro risposte: da esse traspare il modo particolare in cui ciascuno di loro si appropria dell'opera perecchiana. Ricordiamo che Perec affermava di voler unire questi quattro àmbiti, e ritrovarvi l'unità della sua opera; non necessariamente questo accade nel caso dei suoi ammiratori. Ciascuno ha il suo o i suoi libri feticcio, nel quale (o nei quali) crede di aver trovato il marchio incontestabile dell'essenza stessa del contributo di Perec alla letteratura. Stessa cosa, peraltro, in coloro che non sono stati interrogati direttamente, ma che possono esservi annoverati in virtù di taluni testi critici. Ecco la lista: Patrick Modiano, Jean Echenoz, Jean Rolin, Olivier Rolin, Annie Ernaux. Altri ancora, per ragioni diverse, non sono stati repertoriati nel volume, ma non di meno possono essere citati, come Olivier Cadiot o Antoine Bello (*Eloge de la pièce manquante*).

---

[9] "Cahiers Georges Perec", n.11, pp. 219-243.

Cerchiamo dunque di compilare una specie di classificazione passando in rassegna la posterità di ciascuna di queste figure. È chiaro che le tracce della filiazione perecchiana, ossia le maniere adottate dai "discepoli" di Perec per mostrare la loro adesione, o addirittura il loro vassallaggio, la loro fedeltà a tale o talaltra immagine del loro maestro, possono essere molto varie: prendono a prestito nomi (ricordo il caso estremo di Martin Winckler, che ha adottato come pseudonimo il nome di un personaggio ricorrente nelle opere di Perec), riprendono certi temi, o certi procedimenti introdotti o resi popolari da Perec. Non è impossibile, così stando le cose, che più segni distintivi possano essere ascritti a diverse immagini, o al contrario che uno stesso segno possa essere annoverato sotto diverse figure. Sarebbe lungo e complesso entrare in ogni dettaglio. Accontentiamoci di questa semplice panoramica, tenendo conto del fatto che ciascuno degli autori evocati potrebbe diventare oggetto di uno studio specifico.

La figura del sociologo

«Non appena in un libro si trova un accenno di sociologia, si evoca Perec»[10] dichiara Paul Otchakosky-Laurens, che ha pubblicato alcuni lavori di Perec e la sua casa editrice è rimasta fino a oggi impregnata del ricordo del nostro autore. Non bisogna tuttavia dimenticare che il Perec sociologo va situato nella continuità di una riflessione iniziata da Henri Lefèvre con la *Critique de la vie quotidienne*, poi del lavoro compiuto con l'équipe di "Cause commune" intorno a Jean Duvignaud e Paul Virilio, e che tutto questo si inserisce in un movimento più generale che rimette in causa la frontiera del letterario, e tende a operare una sorta di riconciliazione fra la letteratura e le scienze sociali.

Mi sembra che a questo punto si debba insistere sul ruolo che ha potuto svolgere un libro come *Espèces d'espaces*, la cui importanza non ha smesso di accrescersi nel córso

---

[10] *Ibid.*, p. 203.

degli anni, per giungere al punto in cui François Bon ha scritto: «Come nel caso di *Leggendo e scrivendo* di Gracq, *Specie di spazi* fa parte della scatola degli attrezzi di tutti gli autori odierni. Questo libro dovrebbe essere inserito nei programmi scolastici, in particolare della scuola media»[11].

Questa ispirazione sociologica, parente prossima di una etnologia del quotidiano, è servita da modello per l'esplorazione di ciò che Marc Augé ha denominato i "non luoghi". Ovviamente vanno evocati qui anche i tentativi di François Bon, *Autoroute*, e di Jean Rolin, *La Clôture*. Vi si trova la preoccupazione perecchiana di conoscere a fondo il reale nella sua totalità, facendo posto al banale, al quotidiano, all'ordinario, a ciò che Perec, riprendendo un termine di Virilio, chiamava "l'infra-ordinario". Nella *Clôture* di Jean Rolin, il ricordo di Perec persiste sia nel modo di osservare la gerarchia, la connessione degli spazi, sia nella struttura del libro (incrocio di sequenze urbane e di racconti biografici consacrati al Maréchal Ney).

In Thomas Clerc si trova un'altra sfaccettatura del Perec sociologo, l'esplorazione urbana, che potrebbe inscriversi nel solco del grande progetto di Perec, restato incompiuto, intitolato *Luoghi*. In *Paris musée du XXIème siècle*[12], pubblicato nel 2007, Thomas Clerc esplora sistematicamente, strada dopo strada, in ordine alfabetico, la circoscrizione dove risiede: la X circoscrizione di Parigi («155 vie, piazze, banchine, piazzette, viali, giardini, córsi, vicoli ciechi e gallerie»).

---

[11] «Comme *En lisant et en écrivant* de Gracq, *Espèces d'espaces* fait partie de la boîte à outils de tous les auteurs d'aujourd'hui. Ce livre devrait être prescrit dans les programmes d'enseignement, au collège notamment», "Cahiers Georges Perec", n.11, p. 210.

[12] "Cahiers Georges Perec", n.11, pp.161-184.

Il piacere della lista

Affrontiamo ora un altro aspetto dell'eredità perecchiana, il gusto per gli inventari, l'arte dell'enumerazione «l'art d'énumérer». Arte antica quanto la scrittura stessa, «che riconduce la scrittura alla contabilità, sua funzione originaria» (J.L. Joly) e di cui si constata che ha conosciuto, in questi ultimi anni, un successo sorprendente con opere come quelle di Ben Schott[13], Charles Dantzig[14], o Umberto Eco[15], ciascuna di esse costituita da una serie di liste. Ma, come in Perec, il ricorso alla lista in certe opere contemporanee sembra assolvere a una doppia funzione. A volte esprime la soddisfazione euforica di colui che crede di poter dire tutto, di riuscire a "esaurire" un frammento di realtà, come nel caso di Valère Novarina che in *La Lutte des morts*[16] (enumera 326 nomi di personaggi) o nel *Discours aux animaux*[17] (inventa 1.111 nomi di volatili), oppure ancora è il caso di Olivier Rolin in *L'Invention du monde*[18] e di Éric Laurent in *Clara Stern*[19]. Euforia che esiste anche, ma a un livello inferiore, in Jean Échenoz, che presenta ben altri punti di contatto con Perec[20]. A volte invece, a causa della sua inevitabile incompletezza, a causa dello spazio bianco con cui si chiude, la lista suggerisce la mancanza, l'assenza, l'indicibile[21]. E questo si può constatare in Annie Ernaux (*Les Années)*[22], o in Patrick Modiano, oppure in Pascal Quignard, *L'Occupation américaine*[23], in

---

13 *Les Miscellanées de Monsieur Schott*, Allia, 2005.
14 *Encyclopédie capricieuse du tout et du rien*, Grasset, 2009.
15 *Vertigine della lista*, Bompiani, 2009.
16 *Théâtre*, POL, 1989, pp. 502-506.
17 POL, 1987, pp. 321-328.
18 Seuil, Points, 1993.
19 Ed. de Minuit, 2005.
20 Christine Jérusalem, *Quelques choses sur les liens entre Jean Échenoz et Georges Perec*, "Cahiers Georges Perec", 11, pp. 133-147.
21 Gaspard Turin, *Listes perecquiennes et filiations contemporaines: entre hybris et mélancolie*, "Cahiers Georges Perec", n. 11, pp. 43-59.
22 Gallimard, 2008.
23 Seuil, Points, 1994.

cui le liste di nomi sono presenti per mascherare un vuoto, come se fossero il solo mezzo possibile, come in Perec, di evocare i campi di sterminio e la morte.

Dal sociologo all'autobiografo

Abbiamo appena visto come, attraverso l'attenzione all'infraordinario e il ricorso alle liste, un certo uso di materiale sociologico poteva sfociare in àmbito autobiografico. Questo modo, che si potrebbe definire «obliquo» (altro termine caro a Perec) di introdurre, di suggerire, di criptare elementi autobiografici in testi apparentemente neutri e piani, di praticare quella che potrebbe essere definita una "autobiografia esplosa" è sicuramente una delle novità più feconde introdotte da Perec.

Ovviamente è l'esempio di *W* che aprirà a numerosi scrittori la via di un ritorno all'«io» autobiografico. Ma in modo rinnovato. Come nota Paul Otchakowsky-Laurens, l'intreccio sottile operato da Perec fra autobiografico e finzionale è servito da modello a Olivier Cadiot come a Pierre Alfieri (*Le Cinéma des familles*) come a tutti coloro che non hanno intenzione di volgersi verso l'autofiction.

Certi scrittori contemporanei sono stati, come Perec, ossessionati dalla volontà e insieme dal bisogno di lasciare una traccia, di sé o di altri, di salvaguardare con la scrittura ciò che rischia di sparire. Come mostra con pertinenza Dominique Rabaté[24], il paradigma della scomparsa si impone come «motivo al contempo strutturante e rivelatore del romanzo contemporaneo» e basa la sua analisi su libri come *Dora Bruder* di Modiano, *Villa Amalia* di Pascal Quignard, *Je m'en vais* di Jean Echenoz, *Hors d'atteinte* di Emmanuel Carrère, al cui proposito Marie Darrieussecq dichiara: «Per me, Perec è la scomparsa»[25].

---

[24] "Cahiers Georges Perec", *Perec et le paradigme de la disparition*.
[25] *Ibid.*, pp. 225-226.

L'oulipiano

Molti, grazie a Perec, hanno scoperto la legittimità del proprio gusto per la scrittura *à contrainte*, la propria attrazione irresistibile per i giochi con la materialità delle lettere e delle parole, gusto che fino ad allora consideravano una debolezza inconfessabile, capace di escluderli dal nobile campo della Letteratura che, con le sue grandi ali[26], deve volare alto. Constatiamo come, dapprima grazie all'informatica (che facilita enormemente i giochi basati sull'arte combinatoria), poi grazie a internet (che favorisce la trasmissione e lo scambio) si è avuto uno sviluppo stupefacente di tutti quegli esercizi che si osservavano un po' dall'alto come semplici *divertissements* e che sono stati nobilitati grazie a Perec: palindromi, lipogrammi, pangrammi, anagrammi, isogrammi, acrostici, parole incrociate sono tornati a decine ovunque e hanno dato luogo a pubblicazioni come quelle di Alain Chevrier, Jacques Perry-Salkow, Gilles Esposito-Farèse e molti di coloro che propongono quasi quotidianamente i loro esercizi su quella che viene chiamata «la liste Oulipo». Tra gli oulipiani, Perec appare accanto a Queneau come un punto di riferimento permanente e non ci si stupirà che la sua eredità sia stata ampiamente sfruttata dagli oulipiani, e in particolare dalle più recenti acquisizioni del gruppo.

Jacques Jouet prende da Perec il vincolo del monovocalismo in *e* (quello delle *Revenentes*) per scrivere su Perec un testo critico di grande pertinenza. Recentemente ha iniziato la redazione di un nuovo romanzo lipogrammatico in *e*, *Casimir ou l'imitation*.

Ian Monk si è lanciato nella traduzione di testi perecchiani *à contraintes* rispettandone scrupolosamente il vincolo[27].

---

[26] «Littérature qui, avec sa grande aile, se doit de voler haut»: Bénabou non rinuncia, in questa relazione che celebra l'eredità di Perec, a rendergli omaggio riproponendo il principio di uno dei giochi sul significante più celebri (e più intraducibili) del suo amico: «L'Histoire avec sa grande hache». [N.d.T.].

[27] *Three* by Georges Perec.

Anne F. Garréta, ancora prima di essere cooptata dall'Oulipo, aveva scritto il suo primo romanzo, *Sphinx*, come una storia d'amore fra due individui senza fornire alcun indizio grammaticale del genere dei personaggi, esercizio che lei stessa aveva paragonato a un lipogramma.

Se la forma perecchiana del «Je me souviens», «mi ricordo», non sempre pienamente compresa peraltro, ha conosciuto un grande successo di pubblico, all'interno dell'Oulipo essa è servita da modello formale e ha dato luogo al concetto di «textes à démarreur» (testi a meccanismo generatore) di cui è un esempio *À quoi tu penses?* di Hervé Le Tellier.

L'affascinante racconto intitolato *Voyage d'hiver*, che mette a frutto la nozione oulipiana di plagio per anticipazione, è servita da punto di partenza per una specie di romanzo collettivo oulipiano, iniziato con il *Voyage d'hier* di Jacques Roubaud, continuato praticamente da tutti gli oulipiani, senza dimenticare l'intervento di due misteriosi collaboratori, Reine Augure (dietro cui si cela Jacques Roubaud) e Mikhael Gorliouk (Jacques Jouet).

L'esultanza della scrittura, l'inventività romanzesca

Vorrei insistere sul fatto che Perec occupi una posizione di snodo. Come osserva Maryline Heck, Perec, giunto dopo Barthes, Blanchot e Bataille, dopo il "Nouveau Roman" e lo strutturalismo, in un momento contrassegnato dal dominio della coscienza tragica e del sospetto che aveva determinato il declino del romanzesco, «sta all'inizio dell'uscita dalla crisi che ha conosciuto la letteratura». Con la prodigiosa creatività all'opera in *La Vita istruzioni per l'uso*, egli ha fornito le basi di una rivitalizzazione del romanzo.

Olivier Rolin, con *L'Invention du monde* ha costruito un'opera mondo che corrisponde al progetto totalizzante della *Vie mode d'emploi*.

Ricordo il tentativo di Camille de Peretti che, nel 2008, con *Nous vieillirons ensemble*, ha ripreso certe *contraintes* della *Vie mode d'emploi*.

Conclusione

Sono perfettamente conscio di aver solo sfiorato l'argomento, perché di certo avrei dovuto evocare altri punti (l'abbondanza dei riferimenti alla pittura, la fascinazione per il falso, il gusto per quelli che si possono definire come i «segni esteriori dell'erudizione»), insomma tutto ciò per cui si potrebbe legittimamente evocare la paternità perecchiana. Ma ho preferito limitarmi a poche evidenze.

Per concludere riprenderò l'idea di Dominique Rabaté "Cahiers Georges Perec", n.11, p.34. Che ha applicato a Perec un'osservazione che Bourdieu fece su Flaubert. Secondo Bourdieu (*Les Règles de l'art*) Flaubert era riuscito a conciliare l'antagonismo delle due posizioni dominanti della sua epoca, l'arte per l'arte da un lato e il realismo sociale dall'altro, in una articolazione inedita che dà una forza straordinaria a tutta la sua opera perché fornisce una soluzione a un problema letterario della sua epoca: allo stesso modo Perec va oltre l'antagonismo fra romanzo tradizionale e letteratura sperimentale, tra realismo e formalismo, tra serio e ludico, tra autobiografia e sociologia. Così facendo, apre la strada ad altre possibilità letterarie e artistiche, diverse da quelle che si erano presentate negli anni 1950-1960.

In modo più ampio, si potrebbe dire che la sua opera costituisca per gli artisti contemporanei quello che Maryline Heck ha giustamente chiamato «un laboratorio di soluzione feconde» ("Cahiers Georges Perec", n.11, p.11.), come se avesse in qualche modo definito alcune delle direzioni nelle quali si sta spingendo la creazione contemporanea, come se le ricerche odierne avessero intrapreso il percorso che lui, con istinto da maestro, aveva incominciato a tracciare.

(*traduzione dal francese di* Laura Brignoli Pusterla)

Camille Bloomfield

I traduttori di Perec in Italia:
inchiesta su una specie in via di moltiplicazione

La mia relazione si iscrive nell'àmbito più ampio di una ricerca in córso sui traduttori di Perec nel mondo. Si iscrive anche, più generalmente, nell'àmbito della ricerca in sociologia del campo letterario di Bourdieu e con Gisèle Sapiro, della ricerca in sociologia delle traduzioni (*cf. Translatio, le marché de la traduction*, CNRS éditions, 2008). Questo tipo di sociologia analizza le condizioni di circolazione dei beni culturali, allontanandosi dall'approccio interpretativo del testo letterario e dalla problematica intertestuale in cui la traduzione è generalmente studiata. Non è neanche un'analisi economica degli scambi mondiali dei beni culturali: ci si interessa piuttosto alla ricezione dei testi e ai mezzi sociali di produzione del libro tradotto. Ci si interessa anche alla costituzione di reti e al loro funzionamento. In questo quadro, la traduzione appare come un buon indicatore della ricezione di un autore.

Chi sono i "passatori" di questi libri? Che ruolo giocano esattamente? Come, concretamente, un testo passa da un paese all'altro, da una lingua a un'altra? Ecco alcune delle domande che questa ricerca pone.

Consideriamo anche il fatto che in un certo senso i traduttori possono essere percepiti come "super-lettori", archetipi del lettore perecchiano: studiarli è anche un modo di studiare il lettore perecchiano.

I traduttori di Perec formano una specie di "rete astratta", di "comunità invisibile" la cui presenza, però, nel campo letterario italiano è forte. Facendone un oggetto di studio, "oggettivando" questa rete, si tratta per me di darle una sorta di consistenza, di realtà sociologica che ci aiuti a capirne il ruolo esatto nella ricezione di Perec in Italia e, più generalmente, all'estero. Perec è un autore molto studiato e molto tradotto, come mostra il fondo di libri tradotti dell'Association Georges Perec a Parigi, che fornisce una rassegna impressionante di una collezione di traduzioni da tutto il mondo. Per esempio, un libro come *La Vita istruzioni per l'uso* è stato tradotto in 22 lingue (tra queste, ci sono anche lingue dette "minori" o "rare" nel mercato mondiale della traduzione, come il coreano, il ceco, lo sloveno, o il brasiliano – diverso dal portoghese), e *La Disparition* è stata tradotta in 14 lingue, fra poco 15. Le 3 lingue in cui Perec è stato più tradotto sono l'inglese, il tedesco, e vicino o allo stesso livello, l'italiano (questi dati devono ancora essere precisati nel futuro della ricerca, con il completamento della base di dati bibliografici delle traduzioni di Perec nel mondo). Intanto, si sa che l'opera di quest'autore ha avuto una fortuna eccezionale in Italia, grazie, tra l'altro, al lavoro di "passatori" come Calvino o gli oplepiani. Perciò cominciare una tale ricerca col caso particolare dell'Italia sembra pertinente, in quanto l'Italia costituisce un campione ricco di esempi e quindi di potenziali risultati.

Si tenga presente che questo contributo mostra i primi risultati di un lavoro che è ancora in córso, e perciò vanno perdonate alcune imprecisioni che ancora lo caratterizzano. Prima di cominciare, vorrei ringraziare il "passatore tra i passatori", Raffaele Aragona, che mi ha messo in contatto con i traduttori di cui parlerò oggi, e senza il quale non avrei mai potuto realizzare questo studio. Sono molto grata anche a tutti i traduttori che hanno accettato di rispondere al mio questionario. Per alcuni di loro, il lavoro su Perec risale ad anni addietro e so che non è stato facile rispondere, mentre per altri sono gli attuali impegni professionali che lasciano loro poco tempo per parlare di letteratura e di traduzione. Hanno però risposto tutti con molto entusiasmo e molta precisione, e li ringrazio di cuore della collaborazione.

1/ Perec in Italia: chi, dove, cosa? (traduttori, case editrici, testi)

Chi? Ritratto di gruppo

Il primo lavoro è consistito nello stabilire la lista e i nomi dei traduttori di Perec in italiano. Ne ho contati, con l'aiuto di Raffaele Aragona e con le mie ricerche, 16. Forse ce ne sono altri, che non conosco e che per esempio hanno tradotto brevi testi o articoli di Perec per delle riviste, ma questo numero tiene conto solo di quelli che hanno tradotto un libro *"pubblicato e firmato da Perec"*. Potrei dire anche 17, se contassi il misterioso traduttore della seconda versione di *W o il ricordo d'infanzia* (la prima è stata fatta da Dianella Selvatico Estense per Rizzoli nel 1991), pubblicata da Einaudi nel 2005 e firmata da un pseudonimo che ricorda il nome di un personaggio di *La Vita istruzioni per l'uso*: Henri Cinoc. Considerando che quel misterioso Cinoc potrebbe essere tranquillamente uno dei 16 già menzionati, preferisco non decidere finché non trovo il vero nome di questo traduttore. Per oggi, diciamo quindi che sono in 16. Di questi, ce ne sono due che non sono più vivi (Dianella Selvatico Estense, Sergio Pautasso), e tre che non sono riuscita a contattare (Maria Tosti Croce, Laura Frausin Guarino, Eileen Romano). Ne rimangono 11, che hanno risposto alle mie domande: Ferdinando Amigoni, Emanuelle Caillat, Roberta Delbono, Piero Falchetta, Ernesto Ferrero, Leonella Prato Caruso, Alberto Lecaldano, Maria Sebregondi, Jean Talon Sampieri, Laura Vettori Gallo, Eliana Vicari Fabris.

La prima constatazione è quella della ripartizione sparpagliata della "voce" di Perec in Italia. Infatti, al contrario di certi autori che hanno un traduttore regolare, al contrario cioè delle coppie traduttore/autore che permettono un'identificazione chiara dello stile di un autore da parte del pubblico (per esempio, in Francia, una coppia famosa è quella di Umberto Eco e Jean-Noël Schifano, che traduce tutti i romanzi di Eco sin dal *Nome della rosa*) – Perec è conosciuto attraverso più voci. Tra queste voci, alcune si distinguono. Per la scelta delle opere ma anche per la cronologia delle traduzioni, la prima di queste è la voce della traduttrice di tre opere maggiori (*La vita istruzioni per l'uso* - 1984, *Mi ricordo* - 1988, e *W o il ricordo d'infanzia* - 1991, tutte e tre da Rizzoli): Dianella Selvatico Estense. Si può citare anche Roberta Delbono che è spesso associata a Perec, perché ha tradotto quattro suoi libri: *Specie di spazi* (Bollati Boringhieri, 1989); *Sono nato* (Bollati Boringhieri, 1992); *L'infraordinario* (Bollati Boringhieri, 1994); *Cantatrix sopranica L.* (Bollati Boringhieri, 1996). Sergio Pautasso ne ha tradotti tre (*Pensare/Classificare* (Rizzoli, 1989) // *Storia di un quadro* (Rizzoli, 1990 e Skira, 2011) // *53 giorni* (Rizzoli, 1996). Poi, Laura Vettori e Emanuelle Caillat ne hanno tradotti due, e gli altri 11 hanno ciascuno tradotto un solo testo!

Una grande maggioranza di traduttori perecchiani, dunque, sono stati "traduttori perecchiani" soltanto una volta. Questo "sparpagliamento" non è necessariamente un male, riflette solo la dispersione editoriale dell'opera di Perec in Italia (ne riparleremo). Anzi, in una prospettiva più letteraria, non è tanto sorprendente, se si pensa alla diversità delle opere di Perec, se non dal punto di vista dello stile, comunque da quello dei generi (romanzo, saggio, poesia, teatro...).

Un'altra spiegazione potrebbe essere anche la condizione dei traduttori in Italia, che non permette a molti di loro di esercitare la professione di traduttore a tempo pieno. Appare infatti dalle interviste e dagli scambi via e.mail che una buona parte dei traduttori di Perec ha un altro mestiere.

La prima domanda del questionario che ho inviato loro era: "Qual è il Suo percorso di traduttore (quali testi ha tradotto) e quali sono i libri di Perec che ha tradotto?". Sei di coloro che hanno risposto sono traduttori confermati, nel senso che hanno tradotto parecchi autori francesi, tra i più grandi:

- Caillat (Patrick Modiano, Muriel Barbery, Anna Moï, Françoise Chandernagor…)
- Ferrero (Céline, Flaubert…)
- Prato Caruso (Sagan, Toussaint, Annie Ernaux, Roland Barthes, Pierre Loti, Stendhal, Duras, Modiano, Delerm…)
- Sebregondi (Queneau, Duras, Bonnefoy e dall'inglese Nabokov, Coleridge…)
- Vettori (Hervé Guibert, Jacques Roubaud…)
- Vicari Fabris (Maryse Condé, Georges Simenon, Agnès Desarthe, Sylvie Germain…)

Una è stata traduttrice solo di Perec – Roberta Delbono – e si può dire che è arrivata alla traduzione grazie a Perec, *per* Perec.

Quattro di loro si sono presentati come traduttori "non professionisti":

- Piero Falchetta: saggista, letterato, e storico della cartografia, dei viaggi e della navigazione, che lavora alla Biblioteca Marciana a Venezia, scrive: «Sono stato traduttore vero e proprio una sola volta».
- Alberto Lecaldano si è presentato come grafico, attratto dai testi di Perec più che dalla traduzione in sé.
- Jean Talon Sampieri ha anch'egli risposto: «Io non sono un traduttore professionista», ma ha tradotto anche Henri Michaux. È curatore di una collana di narrativa per la casa editrice Quodlibet assieme a Ermanno Cavazzoni.
- Ferdinando Amigoni, professore nel Dipartimento di Filologia Classica e Italianistica dell'Università di Bologna dove insegna Letterature comparate, ha affermato: «Le mie uniche esperienze di traduttore riguardano alcuni saggi sull'interpretazione dei sogni tratti dalla "Nouvelle Revue de Psychanalyse"».

Perec ha attratto sia persone appassionate dalla sua letteratura che traduttori "professionisti". Il potere di sfida, d'invito alla creazione della sua letteratura è stato tale che ha *trasformato* alcuni suoi lettori in traduttori. L'ho detto:

il fatto che molti abbiano un altro mestiere non è sorprendente, è generalmente il caso nella comunità dei traduttori letterari, che sono pagati poco, in Italia come in Francia. Ma si deve capire che nel caso di Perec, autore difficile, esigente, le realtà del mercato abbiano un'influenza stringente sul traduttore, come dice Roberta Delbono: «questo tipo di difficoltà si supera con ore e ore di lavoro e un traduttore professionista non può probabilmente permetterselo!».

Le conseguenze di questa pluralità di mestieri non sono per niente negative, anzi: permettono scambi tra il lavoro di traduzione e l'altro lavoro – si arricchiscono l'uno con l'altro. Una traduttrice (Delbono) parla così dell'influenza che il suo lavoro su Perec ha avuto nel suo insegnamento. Un altro, Alberto Lecaldano, ha utilizzato la sua sensibilità di grafico per la sua traduzione di Perec: «Ho fatto attenzione anche a molte questioni compositive. Ho potuto consultare e confrontare il manoscritto di Perec e la sua trascrizione dattiloscritta alla Bibliothèque de l'Arsenal di Parigi. Così, pensando che avessero un senso, ho riportato nella traduzione anche gli allineamenti, i rientri, gli spazi, la punteggiatura tentando di riprodurre l'originale anche se con limiti evidenti».

Un altro risultato che è apparso dalle risposte a questa prima domanda è l'importanza dell'effetto di gruppo, o di rete, come se un certo mimetismo si fosse prodotto attorno all'Oulipo, incitando i traduttori a ricostituire il proprio gruppo, "specializzandosi" nel campo della traduzione "*à contrainte*", e traducendo altri membri del gruppo: infatti 4/11 hanno tradotto almeno un altro autore dell'Oulipo (Caillat e Sebregondi: Queneau, Vettori e Vicari: Roubaud), e si può indovinare che se guardiamo i traduttori di Jacques Roubaud o di Marcel Bénabou, per esempio, troveremo lo stesso tipo di risultato.

Dove? Panorama editoriale

In Italia, Perec è stato pubblicato da dodici case editrici. Una cifra enorme, che si spiega forse, da un lato, dal fatto che per gli autori stranieri, il continuo seguire di un autore è più raro che per un autore del paese, perché l'autore straniero viene scoperto a poco a poco dal pubblico, con un po' di ritardo rispetto al paese di origine. Gli editori aspettano generalmente che l'autore sia consacrato da un best-seller per far tradurre le sue opere meno famose, anche se sono state pubblicate prima[1].

Dall'altro lato, se si osserva la tipologia di queste case editrici, vediamo che essa riproduce in una certa misura la varietà degli editori di Perec in Francia: se la maggior parte della sua opera è stata pubblicata da Maurice Nadeau per Denoël, *La Vie mode d'emploi* al contrario è stata pubblicata da Hachette, e alcuni testi più confidenziali sono apparsi in piccole case editrici (Galilée, Christian Bourgois). Se Perec è così famoso oggi, è anche perché è un autore che ha raggiunto sia un pubblico ampio che un pubblico di letterati più esigenti e più pronti a leggere i suoi testi difficili. Così in Italia, alcuni romanzi suscettibili di incontrare il successo da parte di un pubblico vasto sono stati pubblicati dalle più grandi case editrici (Mondadori, per *Le cose*, Einaudi, per il suo teatro che dopo le messe in scena a Parigi ha incontrato un bel successo e per la riedizione di *Le cose*, ma soprattutto Rizzoli, che aveva comprato, sembra, una gran parte dei diritti di traduzione e che ha pubblicato tre libri di Perec). Ma poi Perec ha anche interessato delle case di dimensione media o veramente piccola: Bollati Boringhieri, che arriva in primo posto nella classifica per aver pubblicato cinque opere di Perec, e/o, Archinto, Robin Edizioni-Biblioteca del Vascello, Quodlibet e Baskerville, per esempio. Menzione particolare per altre due, Voland e Henri Beyle: Voland per il lavoro bellissimo che ha fatto sul *Tentativo d'esaurimento di un luogo*

---

[1] Sarebbe interessante qui comparare con altri scrittori importanti del ventesimo secolo, come Céline, Sartre, o Duras, e di vedere se alcuni di essi sono stati pubblicati dalla stessa casa editrice: apro la discussione per dopo rifacendomi alla vostra esperienza del campo editoriale italiano per le opere straniere.

parigino (trad. A. Lecaldano), in cui per la prima volta sono state pubblicate insieme al testo anche le foto di Perec mentre scriveva il suo testo Place Saint Sulpice, fatte dal suo amico Pierre Getzler; e Henri Beyle che si presenta sul suo sito come "libri editoria grafica" e che fa delle edizioni quasi da bibliofili (poche copie, molto belle) – interessante il fatto che Perec abbia interessato anche questo tipo di editori, come più generalmente ha interessato molto i grafici in Francia, che spesso propongono edizioni originali dei suoi testi.

Il luogo geografico di queste case editrici è fedele alla ripartizione dell'edizione in Italia: maggioranza nel Nord (quattro a Milano, due a Torino, una a Bologna), alcune a Roma (due), una tra Macerata e Roma (Quodlibet)... Si nota inoltre la presenza di una casa editrice napoletana (Guida editore) – traccia dell'intensa attività pro-oulipiana a Napoli (proprio in quella città sono pubblicati molti testi oplepiani).

Si può concludere da questo (troppo) breve panorama dell'impianto di Perec nell'edizione italiana che:

– la collocazione delle sue traduzioni è, al contrario della situazione negli Stati Uniti per esempio (dove Perec è solo pubblicato da piccole "non profit press"), piuttosto positiva, nel senso che ha beneficiato di una diffusione larga per alcuni suoi testi,

– l'opera, però, è talmente sparpagliata che può essere difficile al lettore italiano farsi un'idea globale dell'autore. Si può immaginare che ci siano due percezioni parallele di Perec da parte del lettorato italiano: l'autore dei romanzi di successo, la cui reputazione va al di là di un circolo di letterati, e il Perec più confidenziale, noto e apprezzato solo dai letterati. Questa situazione ci rimanda alla situazione di Perec in Francia qualche anno fa, oggi attenuata da molti studi, articoli, riedizioni, che tendono a dare un'immagine più complessa e completa al pubblico francese.

Cosa? Bilancio nel 2012

L'altra domanda che mi sono posta è: quali sono le opere che sono state tradotte ? Qual è il Perec che conoscete qui? E: qual è la proporzione della sua opera che è stata tradotta?

Opere in vita

La prima constatazione è che sulle opere pubblicate durante la vita di Perec, 16 su 21 sono state tradotte in italiano, cioè il 76 %: quasi tutta l'opera. Tra quelle che non sono tradotte, ci si trova:

Die Maschine, un pezzo radiofonico di Perec con Eugen Helmlé, scritto per la radio tedesca

E gli altri sono testi detti "intraducibili" perché basati sulla combinatoria di lettere o su altre *contraintes* difficilissime, tra questi la poesia di Perec:

Alphabets (la *contrainte* è quella di non riutilizzare la consonante di un insieme prima di aver usato tutte le altre consonanti dello stesso insieme)

una bella sfida per il traduttore: *Les Revenentes*: il pezzo "monovocalico" in *e* scritto dopo *La Disparition*, e fino a oggi tradotto solo in inglese (invito gli amici oplepiani a provarci!)

e, realmente intraducibili, le "parole incrociate" di Perec (*Mots croisés*).

Nb: Il *Petit traité sur l'art subtil du go*, scritto con Jacques Roubaud et Pierre Lusson, sta per essere pubblicato da Quodlibet nel 2014 (tradotto da Martina Cardelli).

Mi fermo per un momento sul caso limite dell'opera intitolata *Ulcérations*, primo volume della "Bibliothèque Oulipienne": in questo testo, Perec utilizza le undici lettere più frequenti nella lingua francese, contenute nel titolo, per farne trecento novantanove permutazioni. Ho contato quest'opera tra le opere tradotte perché c'è stato, nel primo volume della Biblioteca Oplepiana, una versione proposta da Ruggero Campagnoli e chiamata *Edulcoranti*, in cui Campagnoli ha fatto la stessa operazione di Perec, ma con le lettere più frequenti della lingua italiana. Si potrebbe dire che il testo non è una traduzione, nel senso che non riproduce niente del contenuto dell'opera perecchiana (il risultato essendo invece molto diverso, si parlerebbe piuttosto di adattamento); ma dall'altra parte è un esempio bellissimo di traduzione "fedele" nel senso che Campagnoli ha riprodotto con esattezza il sistema perecchiano, ha giocato con l'alfabeto della propria lingua come e nello stesso spirito di Perec.

Si potrebbe anche parlare qui delle ritraduzioni, che sono un altro segno del grande successo di Perec in Italia : *W o il ricordo d'infanzia*, *Un uomo che dorme*, *L'aumento* (chiamato nella sua seconda traduzione *L'arte e la maniera di affrontare il proprio capo per chiedergli un aumento*) hanno conosciuto due traduzioni diverse. E se contiamo anche le riedizioni, come quelle di *Le cose* – prima pubblicata da Mondadori, poi da Rizzoli, e infine da Einaudi nel 2010, si può dire che quasi tutti i libri pubblicati da Perec quando era in vita non solo sono stati tradotti in italiano, ma hanno anche avuto una accoglienza eccezionale.

Opere postume

Però l'opera intera di Perec si compone di due parti: quella antuma, ma anche quella postuma, molto importante, che rappresenta 25 pubblicazioni al totale. Su questi testi più o meno importanti, più o meno lunghi, solo sei sono stati tradotti: *Pensare/Classificare*, *53 giorni*, *Sono nato*, *Cantatrix Sopranica L.*, *Il viaggio d'inverno* e *Il condottiero*. Rimangono, come per l'opera antuma, le opere di poesie (*La Clôture*, di cui Alberto Lecaldano ha tradotto qualche poema ma non sono pubblicati), alcuni testi di circostanza (gli *Epithalames*, *Voeux*), e testi proprio intraducibili (es: altre parole incrociate). Invito i traduttori presenti oggi a osservare in particolare la poesia di Perec per progetti futuri, cosa che costituisce una bella sfida di traduzione.

2/ Tradurre Perec: un'attività collettiva e militante

La seconda e la terza domanda del questionario inviato hanno fatto sorgere un altro aspetto importante dell'attività traduttiva attorno a Perec, dal punto di vista dell'analisi della rete: il funzionamento di una "rete perecchiana" molto efficiente, in quanto insieme di rapporti stretti, intrecciati, che in un certo modo invalidano il discorso abituale della solitudine del traduttore. Anche qui, sembra che l'attrazione di Perec verso l'attività collettiva si sia riprodotta al livello dei suoi traduttori. Le due domande erano:

2. Quando e come ha scoperto Perec per la prima volta?

3. Chi ha preso l'iniziativa di tradurre Perec: un editore, Lei, o qualcun'altro?

Tre traduttori evocano la loro scoperta di Perec poco dopo pubblicazione di *La Vie mode d'emploi*, negli anni ottanta, che senza sorpresa appare per molti come il primo libro che ha scattato la "passione Perec". Tre hanno risposto evocando il loro contatto stretto con la Francia, grazie al quale conoscevano già Perec quando hanno cominciato a tradurlo – lo hanno scoperto attraverso articolo suoi (Prato Caruso), articoli del giornale su di lui (Delbono), o il numero speciale del "Magazine littéraire" su di lui. È menzionata una volta su 11 solo la formazione universitaria (Caillat) come modo di scoprire l'autore, ma ci si può immaginare che questo numero si spiega in parte per una questione di generazione: ci vuole un po' di tempo per qualsiasi autore per entrare nell' "accademia". Ora che Perec viene insegnato assai spesso all'università, ci si può immaginare che l'accademia/l'università sarà un *medium* sempre più importante per la diffusione dell'opera (è importantissima in Francia, per esempio).

La risposta più frequente che ho ricevuto alla domanda 2 è, però, tutt'altra: quattro traduttori su undici evocano infatti il ruolo di Italo Calvino nella loro scoperta di Perec. Non solo questo rafforza una volta ancora, in modo molto concreto, l'immagine di Calvino come "mediatore", "passatore" di Perec – un'immagine ben conosciuta qui, ma mette anche in valore il ruolo più generale dell'Oulipo, cioè della "rete primaria" di Perec nella diffusione dell'opera. Ernesto Ferrero, per esempio, racconta: «Avevo scoperto Perec ai tempi di *La Vie*, perché Italo Calvino, che era suo amico, me ne aveva parlato con entusiasmo, caldeggiandone la traduzione presso Einaudi». Per Maria Sebregondi, è stato «grazie al suo interesse per Calvino e gli esperimenti oulipiani», e due altri citano dei testi di Calvino che hanno suscitato da loro il desiderio di leggere Perec (la recensione di *La Vita istruzioni per l'uso* su "la Repubblica", e l'elogio che ne è fatto nelle *Lezioni americane*).

Oltre al ruolo di Calvino, altri personaggi sono citati nelle risposte come "passatori" che hanno fatto scoprire Perec o che hanno aiutato con la traduzione: una risposta menziona Jacques Roubaud (ma senza esserne sicura), un'altra racconta il lavoro con Eugen Helmlé, eminente traduttore tedesco che è un riferimento frequente per la "comunità invisibile" dei traduttori perecchiani: «E. Helmlé (…) mi aveva fornito utili consigli per ritrovare le figure di stile (lui aveva infatti avuto la fortuna di poter collaborare direttamente con Perec!)» (Delbono). Una traduttrice parla della frequentazione dei perecchiani a Parigi attorno all'Association Georges Perec, e in particolare dell'aiuto di Bernard Magné, «profondo, straordinario ricercatore e conoscitore di Perec» (Vettori). Ma non solo a Parigi o in Francia ha funzionato la rete: un altro traduttore, Ferdinando Amigoni, evoca «un'attivissima collaborazione editoriale e amichevole da parte di Ermanno Cavazzoni, Jean Talon e Martina Cardelli». Questo effetto di rete ha funzionato anche al livello della pubblicazione della traduzione: in uno dei casi, è stato un traduttore di Perec a proporre il nome di un altro alla casa editrice, che ha accettato (Lecaldano ha proposto Ferrero a Voland per *Il condottiero*). Si può dire così che come l'autore, e contrariamente a un'immagine comune, il traduttore di Perec lavora spesso nel quadro di una rete molto attiva e pronta alla collaborazione. L'estetica della complicità rilevata da Hervé Le Tellier a proposito dell'Oulipo esiste anche per i traduttori oulipiani.

Un'altra dimensione importante di questa rete di traduttori è il suo aspetto attivo, anzi, proattivo, talvolta militante. Il sapere non è andato in una direzione sola, e i traduttori perecchiani hanno anche loro contribuito a far conoscere Perec in profondità, al di là delle loro traduzioni. Infatti, due di coloro che mi hanno risposto hanno fatto un lavoro critico su di lui (Caillat e Delbono per la loro tesi di laurea su Perec), e un altro, Piero Falchetta, racconta anche come «numerose tesi di laurea hanno preso in considerazione in modo più o meno approfondito il mio lavoro» – e questo è vero anche in Francia: il suo lavoro ha alimentato molto la ricerca sulla traduzione, per esempio.

Poi, sono stati spesso essi stessi a proporre la propria traduzione agli editori, e non l'inverso: cinque hanno risposto questo alla terza domanda, tra i quali uno ha potuto anche pubblicare la sua traduzione nella sua collana. Un altro racconta come ha dovuto insistere un po' prima di trovare un editore: «Molte case editrici importanti come Rizzoli, Bollati Boringhieri, Einaudi e Adelphi contattate da me non hanno accettato la proposta. Ho allora interpellato les Éditions Denoël che detengono i diritti d'autore (…), e poco dopo Madame Françoise Bothorel mi ha messo in contatto con l'editore italiano che aveva comprato i diritti. A quel punto ho spedito loro un saggio della traduzione che già avevo quasi completato e che è stata positivamente accolta». Un altro traduttore cita il caso in cui la casa editrice che deteneva i diritti di traduzione si è dichiarata non interessata dalla pubblicazione dell'opera, e l'altra casa editrice, più piccola, dovette ricomprare i diritti per poter pubblicare la sua traduzione.

3/ Una sfida alla traduzione

La quarta domanda del mio questionario verteva sul modo in cui questi traduttori hanno vissuto il fatto di tradurre Perec. Il campo lessicale usato nelle risposte è stato quello della difficoltà e della sfida, quasi di un combattimento con l'autore, sempre associato però al campo lessicale della soddisfazione e del piacere: si trova la parola 'intraducibile' più volte, 'sfida linguistica e ludica' ma anche 'trappole', 'fatica'… sono associate a parole come 'soddisfazione', 'motivazione', 'enorme piacere'.

Le difficoltà incontrate sono tanto varie quanto sono vari i libri di Perec: uno parla del fatto che «in Perec tutto è importante, anche il minimo e più ordinario oggetto nominato», un'altra evoca la «struttura rigorosa, (i) richiami letterari – alcuni chiaramente identificabili (il ritmo ternario, gli imperfetti di Flaubert) altri che suonavano come qualcosa di familiare ma che non riuscivo a identificare». Per un'opera come *Ellis Island*, la difficoltà fu per la traduttrice di «cercare la giusta tonalità», per riprodurre il crescendo dello stile «in cui via via la prosa cede alla poesia». Per *La Poche Parmentier*, e sicuramente per tante altre opere di Perec, si è trattato sopratutto di «risolvere i giochi linguistici» - risposta data anche da Eliana Vicari: «trapiantare i giochi di parole semantici o sonori, i neologismi e gli scarti di registro». Invece per un'opera come *La bottega oscura*, il traduttore è stato attento «a riprodurre la trascrizione "onirica" la più diretta e la meno letteraria possibile».

Il piacere proviene anche dal fatto che spesso, mentre lavora, il traduttore legge in modo molto attento e scopre delle cose nel testo che non sono state scoperte prima, sia delle *contraintes*, sia, al contrario, delle sorprese, pezzi che sono "fuori *contrainte*". Alberto Lecaldano racconta, per esempio:

«Ma soprattutto nella sua precisa descrizione degli avvenimenti a place Saint Sulpice cosa ha mai voluto dire Perec con "Précédé de 92 motards, le mikado passe dans une rolls-royce vert pomme". Alla fine ho pensato che dopo pranzo il 19 ottobre 1974 (in questi giorni 38 anni fa) Perec forse mentre prendeva i suoi minuziosi appunti un po' si annoiava e così una fuga fantastica in compagnia dell'imperatore del Giappone (mikado) e di 92 motociclisti si rendeva indispensabile: meraviglioso Perec».

Il piacere della traduzione è qui un piacere di lettura minuziosa, un tipo di lettura che è particolarmente adatto ai testi di Perec.

Mi fermo qui, ma ci sarebbero molte altre cose da dire sulle risposte a questo questionario, tra l'altro sulla ricezione delle traduzioni (i numerosi premi ricevuti, le recensioni positive, ecc.). Per rendere omaggio a tutti questi traduttori e al fervore che traspariva in tutte le risposte, e che forse non ho reso in questo lavoro, vorrei concludere con un paragone molto bello proposto da Maria Sebregondi per descrivere la traduzione letteraria, che riflette l'intensità del rapporto sentimentale/affettivo che ha unito questi traduttori a Perec:

«Tradurre (parlo di traduzioni letterarie, di testi poetici e/o *à contrainte*) è come nuotare sott'acqua attaccati alla pancia del proprio autore, respirando attraverso i suoi respiri, partecipando di ogni minima vibrazione».

Laura Brignoli Pusterla
Il doppio legame e il cappio del traduttore

Si è da poco tenuto un convegno internazionale sul tema della globalizzazione in letteratura, concetto assai controverso, problematico soprattutto nell'individuazione del corpus. Al di là delle questioni inerenti il valore è però emerso un dato, del tutto inatteso dagli organizzatori: sono paradossalmente le opere che non si pongono il mondo[1] come obiettivo preliminare a raggiungerlo davvero. I romanzi italiani scritti in quella lingua che viene chiamata "traduttese", con storie ambientate in luoghi privi di legami specifici con l'Italia, come quelli di Tommaso Pincio o Laura Pugno, sono ignorati dal pubblico internazionale, che sembra invece privilegiare storie più ancorate al contesto italiano[2], spesso scritte in una lingua che risente pesantemente di espressioni dialettali, come è il caso della serie di gialli legata al personaggio del Commissario Montalbano di Andrea Camilleri.

Insomma il paradosso è spesso la cifra costitutiva della letteratura, che sia una scelta a monte effettuata dallo scrittore oppure un risultato ottenuto malgrado – o oltre – le sue intenzioni. In un certo senso paradossale è anche lo straordinario successo ottenuto dalle opere di Perec, rompicapi tanto difficili da scoraggiare i cosiddetti "lettori ingenui", e insieme avventure così avvincenti e ricche da attrarre i

---

[1]   Si veda Vittorio Coletti, *Romanzo mondo. La letteratura nel villaggio globale*, Il Mulino, Bologna, 2011, cap.I.

[2]   È quanto è emerso dal convegno *Towards a global literature*, 18-20 ottobre 2012, Università Iulm, Milano, (Tim Parks, Edoardo Zuccato (eds), *Towards a global literature, Verso una letteratura globalizzata*, "Testo a Fronte", n. 48, I sem. 2013).

pubblici più disparati. Molte di esse, infatti, costituiscono una sorta di Bibbia per le più diverse categorie professionali: conosco il mondo dell'architettura abbastanza da sapere, per esempio, che *Specie di spazi* è un suo punto di riferimento costante. Ma ci si potrebbe aspettare che *L'infra-ordinario* sia essenziale per gli attori, che *Penser/Classer* piaccia molto agli antropologi[3], o che molti di coloro che affrontano artisticamente[4] il problema della lista abbiano in mente Perec?

Insomma la sua opera attraversa il mondo della cultura in modo trasversale, spingendosi ben oltre quella sottile schiera di specialisti e oulipiani ai quali, forse, lui stesso non pensava scrivendo, ma che sono gli unici capaci di cogliere talune delle sue complessità. È da un critico dello spessore di Bernard Magné che si può desumere questa affermazione, implicita nelle sue parole:

> [le] dispositif perecquien [est] fondé sur la ténuité des marques [...]. **Cette ténuité ne dépend pas de la compétence linguistique et culturelle du lecteur**. Il est en effet très improbable que le lecteur moyen français sache qu'Albert de Routisie est le pseudonyme utilisé par Aragon pour signer son petit ouvrage érotique. La connivence requise pour le décryptage est délibérément réservée aux « happy few » perecquiens et elle est de plus très variable selon les compétences de chacun.[5]

---

3   Come Matteo Meschiari.
4   Come Giulio Turcato.
5   «È la leggerezza del segno che connota il sistema di Perec. Tenuità che non dipende dalla competenza linguistica e culturale del lettore. In effetti è molto improbabile che un lettore medio francese sappia che Albert de Routisie è lo pseudonimo utilizzato da Aragon per firmare la sua operetta erotica. La connivenza richiesta per il decrittaggio è *deliberatamente* riservata agli "happy few" perecchiani e per giunta varia sensibilmente in relazione alle competenze individuali.» (Bernard Magné, « De l'exhibitionnisme dans la traduction. À propos d'une traduction anglaise de *La Vie mode d'emploi* de Georges Perec », *Meta : journal des traducteurs / Meta: Translators' Journal*, vol. 38, n. 3, 1993, p. 400). L'enfasi è nel testo, la traduzione è mia.

In questo articolo, Bernard Magné attacca le scelte traduttive di David Bellos, il traduttore inglese de *La Vie mode d'emploi,* definendole «caricaturali». In particolare si sofferma su quelle che egli stesso ha definito «impli-citations», impli-citazioni, cioè il modo elusivo con cui Perec codifica frasi altrui. La scelta di Bellos di esplicitare la citazione riportando per esempio il titolo o l'autore citati è duramente criticata da Magné perché di fatto contraria ai princìpi compositivi di Perec. Le ragioni che adduce sono del tutto condivisibili e si riassumono nella frase appena citata.

E tuttavia...

In questo "tradimento" da parte di Bellos dell'opera di Perec sta tutto il cammino che essa ha compiuto. Dagli *oulipiani,* quegli *happy few* che insieme ai critici possono coglierne le sfaccettature, ai *traduttori,* che talvolta anche grazie a loro ne comprendono i significati e che poi li passano ai *lettori* di altre lingue: è inevitabile che questo ampliamento della fruizione si accompagni a un'esplicitazione in qualche modo sottesa al lavoro stesso di traduttore. Traditore? Talvolta, facciamocene una ragione. Più spesso, anzi sempre, passatore, traghettatore, medium capace di collegare il mondo della cultura per *happy few* a quel lettore che va condotto a sé, se-dotto, sedotto se necessario, anche facendo sfoggio di sapere (come nel caso di Bellos che Magné stigmatizza duramente). Ruolo di medium che il traduttore si assume proprio laddove l'autore abdica al proprio, scegliendo di cedere la sacralità della sua funzione di garante della significazione per assumere quella più umile di specchio riflettente un vuoto indicibile[6].

---

[6] Si veda in particolare la trascrizione di un discorso pronunciato da Perec il 5 maggio 1967 all'Università di Warwick pubblicata in *Parcours Perec, Colloque de Londres, mars 1988,* Presses Universitaires de Lyon, Lyon, 1990, pp. 31-39.

È noto quanto sia necessario per il traduttore scendere a compromessi, e saper acconsentire alla rinuncia[7], per parafrasare Falchetta. Se mi[8] pongo ora nella posizione del commentatore di un'ottima traduzione altrui è solo per citare degli esempi a sostegno di un'ipotesi. A differenza di Magné, dunque, ciò che segue non ha alcun intento accusatorio, sono solo osservazioni. Potrebbe sembrare, nella peggiore delle ipotesi, una critica da bastian contrario, o forse solo critica d'invidia: "chi disprezza compra" dice un noto proverbio, "chi critica ama" aggiungo. Non me ne voglia, dunque, l'illustre traduttore della *Disparition*, se do conto, qui, dello sguardo critico che ho gettato sul suo lavoro. So anche che spesso la traduzione è un atto d'amore, totale, incondizionato; qualcuno si è spinto a dire che «Tradurre è *mettere le mani addosso* all'autore, avere su di lui uno sguardo così ravvicinato da rasentare l'osceno»[9]. Non si traducono gli oulipiani senza amarli, e non è un caso che quasi sempre le traduzioni di questi testi seguano un percorso inverso rispetto alla norma: in genere sono i traduttori che propongono l'autore agli editori, e non viceversa. Atto d'amore dunque, che risente di un doppio legame. Che cosa sia il doppio legame gli psicologi lo sanno bene, sanno riconoscerlo, dargli un nome, curarne gli effetti.

È qualcosa di cui tutti noi, in varia misura e con risultati assai differenti, siamo almeno una volta stati vittime.

---

[7] «Mappa della sopravvivenza», postfazione a Georges Perec, *La scomparsa*, Guida editori, Napoli, 1995.

[8] Scelgo la prima persona, contrariamente alle abitudini invalse da tempo, non per spirito di differenziazione dalla comunità dei critici, né per l'orgoglio di un "io" che resta comunque incerto ed esitante, ma per un atto politico di responsabilità. In un mondo in cui il "noi" serve soprattutto ad aggirare gli oneri a sfuggire la serietà degli impegni assunti personalmente, accetto di assumermi la responsabilità di ciò che affermo, senza maschere.

[9] Ana Ciurans, «L'orecchio interno. Tradurre Georges Perec», *N.d.T. – La Nota del Traduttore*, Newsletter n. 25, anno V, maggio 2009, p. 3.

Il doppio legame è la presenza nella comunicazione di un *paradosso pragmatico*, ovvero la compresenza di due messaggi, due ordini, due inviti cui ci si trova sottoposti, che sono tra loro contraddittori o incompatibili[10]. Il paradosso pragmatico è un fatto molto frequente e, nella maggior parte delle sue occorrenze, non comporta alcuna grave conseguenza. Talvolta invece produce effetti devastanti come la schizofrenia.

Ma usciamo per un attimo dall'ambiente medicale e torniamo ai testi: in che senso la traduzione dei testi oulipiani risente di un doppio legame? Nel senso che il traduttore deve da una parte rispettare la *contrainte*, dall'altra non ignorare gli aspetti contenutistici, ovviamente, ma anche stilistici, tonali, ritmici, letterari insomma del testo che si trova a tradurre. Sono questi due vincoli, sommati, che spesso fanno sì che il traduttore si trovi stretto in una morsa dalla quale uscire indenni è difficile, anche se non impossibile, come ha dimostrato Piero Falchetta. La maggior parte delle volte questo doppio legame costringe all'abdicazione, che si manifesta con la nota a piè di pagina, espressione scritta del fallimento del traduttore.

Falchetta, invece, cimentandosi con *La Disparition*, uno dei testi più ostici di Perec, ha trovato soluzioni traduttive eccellenti, capaci certamente di suscitare il plauso di Magné. Per esempio, solo gli *happy few* cui si faceva riferimento poc'anzi sanno che il capitolo 8 è ciò che resta di un lavoro a quattro mani, poiché il progetto della *Disparition* era germogliato inizialmente dalla coppia di amici Perec-Bénabou. Bénabou ha lasciato l'impresa, ma Perec ha mantenuto in quel capitolo evidentissimi riferimenti all'amico di origini marocchine, studioso di storia romana:

---

[10] «l'individuo si trova prigioniero di una situazione in cui l'altra persona che partecipa al rapporto emette allo stesso tempo messaggi di due ordini, uno dei quali nega l'altro», Gregory Bateson, *Verso un'ecologia della mente*, Adelphi, Milano, 1977 (2006), p. 250.

l'Institut s'attachait Hassan Ibn Abbou, qu'il nommait à la sous-commission du Corpus patrimonial d'Inscriptions du Haut-Atlas Marocain… etc.[11]

La scelta di tradurre «Corpus patrimonial d'Inscriptions du Haut-Atlas Marocain» in latino («Corpus Mauritanicanus Inscriptionum»), certamente dettata dall'esigenza di rispettare la *contrainte*, è diventata un ulteriore riferimento a Bénabou, per esigenze professionali avvezzo all'uso di questa lingua. Ma è sul termine «Mauritanicanus» che è opportuno soffermarsi: a dispetto delle apparenze, esso non rinvia all'attuale Mauritania, ma si riferisce all'ampia provincia romana della Mauretania, che comprendeva anche l'odierno Marocco. Ecco un'informazione accessibile solo a quanti abbiano conoscenze non comuni, o che si diano la pena di consultare un dizionario enciclopedico della latinità. Dunque questa traduzione è perfettamente conforme al sistema di impli-citazioni messo in atto da Perec, e va persino oltre le più severe esigenze di Magné.

Ora, osservando le traduzioni delle opere oulipiane, mi sono resa conto di un paradosso sfuggito fino ad ora: **il doppio legame si attiva in prevalenza laddove il vincolo è meno stringente e viceversa.** Prendiamo un esempio. Tutti conoscono la regola estremamente costrittiva della *Disparition*. In questi casi si può davvero dire che *la contrainte libère*, perché il vincolo libera prima di tutto dalla presa in conto di tutta una serie di connotazioni legate alla scelta della parola: si sa che Perec aveva a disposizione solo il 20% del vocabolario francese, quindi le sue scelte, così limitate, sono determinate principalmente dall'assenza della lettera *e*, e solo accessoriamente, in qualche caso fortunato, da altro. *Ipso facto*, il traduttore avrà lo stesso vincolo: cioè dovrà imperativamente scegliere le parole italiane che non contengano la *e*, e questo di fatto elimina la

---

[11] Georges Perec, *La Disparition*, in *Romans et récits*, La Pochothèque, 2002, p. 375.

necessità di porre eccessiva attenzione alle variazioni diafasiche, diastratiche o diatopiche dei vocaboli scelti dall'autore e delle pieghe stilistiche che queste possono imprimere al testo. Se per esempio Perec è stato costretto a scrivere «ils sont kif kif» al posto di "ils sont semblables", "pareils", "identiques", questo non significa necessariamente che la connotazione popolare di 'kif kif' sia assolutamente da mantenere. Allo stesso modo *potard* al posto di *farmacien* [farmacista], *tubib* al posto di *médecin* [otorino] o *frangin*[12] al posto di *frère* [tradotto a volte con amico, con figlio[13] o con complicate perifrasi] non sono motivati dall'uso di un lessico familiare o gergale[14].

Non stupisce allora che il traduttore abbia scelto il termine neutro di «ragazza», la sua ragazza, per tradurre il più familiare «nana». Scelta felice e condivisibile per più di una ragione pur avendo a disposizioneil più desueto "morosa" e l'altrettanto familiare e generico "tipa", forse portatore di una connotazione un po' troppo giovanile/contemporanea. Mi sembra che la scelta di «ragazza» sia particolarmente azzeccata proprio per il nesso che questo termine, pur nella sua neutralità, mantiene anche in italiano con il sostrato romanzesco condiviso[15].

Per lo stesso meccanismo si trova anche l'inverso, cioè l'uso di espressioni regionali, familiari o popolari in modo assai più esteso e marcato che nel testo originale:

---

[12] I termini citati si trovano alle pp. 450, 344, 513 della *Disparition*, cit.

[13] I termini tratti dalla traduzione di Falchetta (*La scomparsa*, cit.) si trovano alle pp. 148, 42, 211.

[14] Si veda l'articolo di Jean-François Jeandillou, *Échos d'une voix de fin silence dans l'écriture lipogrammatique*, "Poétique", n.168, pp. 387-397. A questo proposito sono interessanti anche le riflessioni di Marc Parayre, che riflette sugli effetti stilistici di certi particolarismi sintattici e sul modo in cui Perec ne estende l'uso per banalizzarli ("Grammaire du lipogramme: *La Disparition*", in V. Montémont, Ch. Reggiani (éd), *Georges Perec artisan de la langue*, Presses Universitaires de Lyon, 2012, p.62).

[15] «Nana» è la contrazione del nome proprio Anne, la protagonista del romanzo di omonimo di Zola da cui questo termine deriva per lessicalizzazione.

> Voilà, dit l'hallucinant animal, un parfait sandwich pour
> mon fricot; **ça faisait un laps** qu'on n'avait plus vu un
> gnard aussi dodu *sous nos climats*.[16]

> Toh sbottò l'orrido mostro, giusto uno spuntino da pap-
> parsi; **da mo'** non passava *in 'sti paraggi* un bamboccio
> tanto cicciotto.[17]

Mi pare che questa frase sia un primo buon esempio di
come la *contrainte* eserciti di fatto una funzione liberatoria
sul traduttore, invitandolo implicitamente a lasciar galop-
pare la sua straordinaria conoscenza della lingua.

Vale la pena chiedersi se i risultati siano sempre altrettanto felici.

Consideriamo un altro esempio.

Difficile non vedere il meccanismo liberatorio che ha
agito in questa frase:

> il vit au nord un ru tourbillonnant qui finissait dans un
> marigot, puis, non loin du littoral, il distingua, sursau-
> tant, cinq ou six tumulus (ou plutôt tumuli).[18]

> a nord, un tumultuoso corso d'acqua sfociava in un
> pantano; poi, sobbalzando, notò 5 o 6 mucchi di sassi
> accanto alla battigia.[19]

Il termine «ru» è l'unica valida alternativa francese a "ri-
vière", "fleuve", "cours d'eau", inutilizzabili, per questo
sono inoperanti le connotazioni a esso solitamente legate
che limitano l'uso di questo termine desueto e regionale
alla designazione di ciò che noi chiamiamo ruscelletto.
Piero Falchetta, pur avendo a disposizione "rio", "rivolo",
"fiumiciattolo", valide alternative all'impossibile "ruscelletto", ha scelto il più neutro «corso d'acqua», stante la non
pertinenza della connotazione del termine.

---

[16] *La Disparition*, cit., p. 339.
[17] *La scomparsa*, cit., p. 37.
[18] *La Disparition*, cit., p. 332.
[19] *La scomparsa*, cit., p. 30.

Proseguendo in questa stessa frase osserviamo che l'uso di «tumuli» sembra indispensabile a giustificare il sussulto del protagonista: che ragione avrebbe di sobbalzare davanti a dei banali mucchi di pietre? Dovrebbe essere proprio il loro aspetto sepolcrale a motivare la sua reazione. Ma continuando la lettura ci rendiamo conto che in effetti quella costruzione litoranea non ha nulla a che vedere con una qualsivoglia tomba, si tratta piuttosto «di uno strano macchinario, una sorta di pompa idraulica azionata, così arguì, dal flusso marino». La traduzione, coerente con lo sviluppo seguente della frase, ma più libera, rende inutile il sobbalzo del protagonista, a dimostrazione del fatto che la libertà del traduttore è commisurata alla durezza del vincolo: più il vincolo è stringente, più il traduttore è portato prendersi delle libertà.

Solo una volta si può ritenere problematica la funzione liberatoria della *contrainte*, ed è proprio in un'altra di quelle impli-citazioni così care a Perec:

> Donc, concluait-il, nul discours jamais n'abolira l'hasard.[20]

> Quindi, concludo, il rischio non sarà mai abolito da qualsivoglia discorso.[21]

L'intertesto mallarmeano sarebbe stato mantenuto se la traduzione non avesse scelto la forma passiva e sostituito il termine «rischio» al più appropriato "caso", che tra l'altro non presenta problemi semiologici essendo privo di *e*: "Quindi, concludo, alcun discorso mai abolirà il caso." La traduzione letterale si rivela necessaria.

Credo che la perdita dell'implicitazione nella traduzione sia dovuta proprio all'allentamento del doppio legame: il traduttore, concentrato sulla resa italiana priva della vocale

---

[20] *La Disparition*, cit. p. 344.
[21] *La scomparsa*, cit. p. 42.

famigerata, ma al contempo desideroso di fornire una traduzione elegante, deve aver perso di vista il riferimento mallarmeano. È ovvio che chi è sottoposto a questo meccanismo colga ogni occasione per diminuire la presa, anche quando il legame è così profondo come quello che unisce un testo al suo traduttore, ed è così che la *contrainte* libera anche lui, per quanto ciò talvolta avvenga in modo del tutto inopportuno…e più stringente è la *contrainte*, più lui si sente meglio. Magìa dei paradossi!

Diverso quando il doppio legame convoca da una parte un suono polisemico, dall'altra un significato ineludibile, cosa che avviene spesso in testi non vincolati, o dai vincoli meno stringenti. È lì che il cappio è pronto per il traduttore, anzi, una «grande hache», enorme ascia la cui impossibilità traduttiva gli fornisce il supporto, quella nota a piè di pagina che non è altro che uno sgabello. Ho usato questo stesso sgabello anche io, traducendo la relazione del perfido Bénabou, che non ha rinunciato a parlare di una «Littérature qui, avec sa grande aile» ecc. maiuscola omofona all'ala che solo in francese può «voler haut». E mi sono trovata lì, con in mano il doppio legame pronto a essere annodato intorno al collo. Esausta, anzi no, *esaurita* come un luogo parigino, stavo per gettarmi nel vuoto. Mi accontentavo di pochi centimetri: non deve fare grandi balzi, un traduttore. I grandi guizzi, peraltro, a me non riescono che rarissimamente. Dunque mi bastava un salto da quel maledetto sgabello: è sufficiente non toccare il suolo, qualche minuto e il gioco è fatto.

Stavo per attuare il mio insano proposito, quando di colpo mi ricordo che possiedo un manuale, un manuale di istruzioni per l'uso. Sì, proprio quello che insegna a usare la vita, a esplorarne tutte le risorse, cento risorse. Lo prendo, lo sfoglio compulsivamente, certa che lì dentro mi ritroverò. Ma, ahimè, trovo soprattutto un vuoto, perché confrontandomi a Piero Falchetta e Jean Talon mi accorgo che sarei riuscita a tradurre solo la stanza che manca, quella che non c'è, che quindi non trovo nonostante le abbia girate tutte, fino allo sfinimento, anzi fino all'esaurimento, fino a farmi venire delle vere *Ulcérations* a forza di *Penser/Classer*. Non ho di sicuro fatto come *Un Homme qui dort*, io che soffro d'insonnie periodiche, no, no, al contrario, mi sono recata in *Un Cabinet d'amateur*, dove colui che è preposto alla cura delle parole, dopo varie *Perec-rinations*, ha emesso una sentenza lapidaria: *53 jours*. Non uno di più, non uno di meno, poi ineluttabile, *La Disparition*. Certo voi siete ottimisti, vi aspettate *Les Revenentes*, ma non c'è una parola, dico una sola che possa tradurre degnamente questo monovocalismo in *e*: apparizione, ombra, spettro, larva, spirito, no, non vanno. Tutt'al più un monovocalismo in *a*, con fantasma, purché si rinunci all'articolo, beninteso. Ah, Perec, *What a man…*

Insomma, l'esaurimento del traduttore, a differenza del luogo parigino, finisce per non essere più solo un tentativo! e poi qualcuno dice che la medicina c'entra poco. Se non ci vuole in questi casi!

Il farmaco adatto al traduttore… esiste? Deve esistere: non è lui che ha saputo "trasformare il veleno in medicina"? *Je me souviens…* All'inizio c'era una sola lingua, poi venne la superbia, e con essa Babele, che gettò sì nello scompiglio le genti ma diede ogni *Specie di spazi* ai traduttori che, pazientemente, a costo di innumerevoli sacrifici, constatazioni di fallimento, frustrazioni di vario tipo, riuscirono a mettere in contatto lingue diverse. Essi soli hanno saputo trasformare il veleno dell'incomprensibilità in medicina del contatto.

E allora forse la medicina cui può fare ricorso il traduttore, quella prima del cappio per intenderci, è proprio la *contrainte* che a volte, paradossalmente, dà ai migliori una certa euforia, e possiede un'evidente funzione "curativa" laddove la "cura delle parole" rischia di farsi accanimento terapeutico, e cioè nel *cabinet*, lo studio dello scrittore, che spesso è una clinica per la cura della frase. Se questo gergo vi stupisce, pensate alla dimensione concreta, visiva delle lettere[22], di questi segni che hanno prima di tutto un "carattere" che si raggruppano in "famiglie" ma anche un "corpo", delle "gambe", talvolta sono "grasse"; le pagine hanno dei "piè", i libri un "dorso" e, come i gatti di Baudelaire, devono soffrire il freddo, perché hanno sempre una "copertina". Talvolta le opere più modeste, ma destinate a una circolazione più ampia, clandestina, a passaggi di mano più frequenti fra i giovani, portano la "spirale", aggeggio che, paradossalmente, non toglie loro del tutto la fecondità, anzi. In altri casi invece la gelosia dei loro amanti è fortissima, tanto che sentono il bisogno di mettere ogni foglio in una "gabbia".

Stabilita con evidenza cratiliana la corporeità di tutto ciò che attiene alla scrittura, non stupisce che la "cura" delle parole possa diventare materia medicale, per il traduttore soprattutto. Vi prego, non sollevate il sopracciglio: non è forse da tutta la vita che voi stessi praticate vere e proprie "analisi" dei testi?

---

[22] Che Perec teneva in gran conto (cfr: Maryline Heck, *Georges Perec. Le corps à la lettre*, José Corti, Paris, 2012).

Pietro Falchetta

Altre scomparse

Si è qualche volta e da più parti osservato che la sfida lipogrammatica lanciata da Perec con il suo romanzo senza 'e' avrebbe dovuto trovare riscontro, nei diversi tentativi di traduzione, in lipogrammi i cui effetti fossero quanto meno equivalenti a quelli dell'originale. Poiché la vocale 'e' è di gran lunga la più frequente in francese, ricorrendo per più del 30% delle volte, si dovrebbe poter trovare, traducendo, una soluzione lipogrammatica in grado di tenere l'asticella delle difficoltà alta quanto nel testo di partenza.

Un tentativo notevole in tal senso è quello compiuto dai traduttori spagnoli, che nel loro *El secuestro* hanno abolito la 'a', in quanto la lettera parrebbe essere la più frequentata nello spagnolo; a ben guardare, le cose sembrano stare diversamente, in quanto le statistiche ricavate dall'analisi del Quixote danno per risultato 'a' = 12,2% ed 'e' = 14%[1], differenza non molto significativa.

Altro problema che si pone nel caso di sostituzione della vocale mancante è che in tal modo viene a saltare l'intero sistema di riferimenti espliciti e impliciti sotteso al romanzo, i quali riferimenti rinviano nell'originale a un metatesto straordinariamente ricco e di labirintica articolazione, fin quasi ossessivo nell'alludere alla 'e' nonché alla sua mancanza, e nel parlarne di continuo senza mai nominarla. È evidente che da tentativi di questo genere si ot-

---

[1] Vedi <http://es.wikipedia.org/wiki/Frecuencia_de_aparición_de_le tras>.

terrà un risultato più simile a una riscrittura e a una ri-creazione che non a una traduzione.

Per quel che riguarda l'italiano, la situazione non è sostanzialmente diversa da quella dello spagnolo.

Le occorrenze vocaliche sono state infatti calcolate nella seguente misura: 'e' = 11,79%, 'a' = 11,74%, 'i' = 11,28%, 'o' = 9,83%, 'u' = 3,01%[2]. Per pareggiare non tanto le difficoltà – che non sono computabili in termini puramente quantitativi – bensì soltanto il dato di frequenza nudo e crudo, bisognerebbe perciò tradurre in italiano privando il testo d'arrivo di almeno tre vocali, ottenendo così un tasso lipogrammatico di pari valore di quello francese, ovvero superiore al 30%. Operazione che, anche là dove qualche avventuriero delle lettere vi si accingesse, approderebbe con ogni probabilità a un testo d'insostenibile povertà lessicale.

Premesso ciò, si propone qui un breve esperimento di traduzione, limitato al prologo del romanzo, nel quale sono state abolite di volta in volta le tre vocali a maggior frequenza nella lingua italiana, 'a', 'e', 'i'. La lettura sinottica dei tre testi è rivelatrice delle possibilità che si offrono al traduttore, il quale ha nell'occasione sperimentato con singolare intensità la sensazione fin quasi fisica delle contorsioni, degli avvitamenti, delle mosse serpentine con cui una lingua mutilata cerca di svincolarsi dalle strettoie della *contrainte* per poter approdare alla restituzione di un significato coerente tanto con la lettera del testo originale quanto con il suo contesto. Per il lipogramma in 'e' è stata ripresa e riveduta la traduzione italiana del 1995, mentre per gli altri si è lavorato *ex novo*.

---

[2] Vedi <it.wikipedia.org/wiki/Analisi_delle_frequenze>.

La lettura dei dati statistici risultanti dall'analisi offre inoltre la possibilità di alcune brevi riflessioni:

```
1969          parole 985              caratteri 5.257
              E =
              A =   657  (12,49%)
              I =   504  ( 9,58%)
              O =   438  ( 8,33%)

1995 - 2012   parole 921              caratteri 4.967
              E =
              A =   692  (13,93%)
              I =   612  (12,32%)
              O =   565  (11,37%)

2012 [a]      parole 1.017            caratteri 5.278
              E =   611  (11,57%)
              A =
              I =   697  (13,20%)
              O =   655  (12,41%)

2012 [i]      parole 950              caratteri 5.000
              E =   580  (11,60%)
              A =   645  (12,90%)
              I =
              O =   571  (11,42%)
```

Tenendo conto delle ridotte dimensioni del campione, si può comunque notare come il lipogramma italiano in 'e' sia il più "economico", poiché richiede un minor numero di perifrasi e perciò di parole anche rispetto al testo originale; per contro, quello in 'a' è il più dilatato e faticoso. A partire da questa pur minima indicazione si può forse dire che una traduzione lipogrammata in 'a' è la più onerosa da realizzare in quanto richiede maggior quantità di materiali verbali.

Quanto invece alla lunghezza assoluta dei testi, misurata in caratteri, i valori del lipogramma in 'a', i più elevati, sono pressoché gli stessi dati dal testo originale, dove s'impiegano con ogni evidenza parole mediamente più lunghe di quelle presenti in italiano. Più economico il lipogramma in "i", ma ancora di più lo è quello in 'e'.

Ciò per quanto riguarda i valori assoluti. Per i dati percentuali delle traduzioni abbiamo invece differenze ridottissime nelle frequenze di 'a', 'e', e 'i', e si nota soltanto un relativo picco di frequenza della 'i' nel lipogramma in 'a'.

In conclusione, a integrazione di quanto si è scritto in varie occasioni, nessuna sostituzione di vocale nel tradurre con contrainte lipogrammatica è in grado di realizzare lo stesso tasso di difficoltà dell'originale. E tuttavia è bene ricordare ancora una volta che le difficoltà dell'impresa sono ben lontane dal consistere tutte nelle rispettive quantità. Ma di ciò si è scritto già da tempo.

Paul Fournel
Perec e la critica

Georges Perec fa un'entrata clamorosa sulla scena letteraria: nel 1965 il suo primo romanzo, *Les Choses*, ottiene il premio Renaudot. Nel 1966 pubblica un breve racconto ricco di invenzioni linguistiche, *Quel petit vélo à guidon chromé au fond de la cour?* che disorienta la critica. Così come il suo *Un Homme qui dort* la lascia perplessa. L'anno successivo Perec entra nell'Oulipo, di cui diviene immediatamente una delle figure di spicco. Nel sodalizio con Queneau, Le Lionnais, Roubaud, Bens e gli altri, trova la propria casa e la propria voce. Di lì in poi sperimenterà ogni sorta di *contrainte* (vincolo) formale: *La Disparition* (1969) è un romanzo scritto senza la lettera 'e' (lipogramma); viceversa in *Les Revenentes* (1972) la 'e' è la sola vocale a essere ammessa (monovocalismo). *La Vie mode d'emploi* (premio Medicis 1978), il suo romanzo più ambizioso, è costruito come una successione di storie combinate alla maniera dei tasselli di un puzzle, con *contraintes* narrative e semantiche che si moltiplicano.

L'opera di Perec si articola intorno a tre differenti àmbiti: il quotidiano, l'autobiografico, e il gusto per il romanzesco, il tutto organizzato dall'uso della *contrainte*. Se da una parte il gioco è sempre presente, la ricerca dell'identità e l'ansia della scomparsa sono i temi dominanti.

Questo per tratteggiare a grandi linee il paesaggio di un'opera di eccezionale successo.

George Perec è oggi l'autore francese più studiato al mondo assieme a Marguerite Duras (la quale beneficia di una posizione privilegiata nei *"cultural"* e *"gender studies"*).

È confortante, in tempi in cui tante opere di amici (Jacques Bens, Jean Lescure, Jean Queval, tanto per limitarci agli oulipiani) sprofondano nell'oblìo, vederne una che trova la sua parte di eternità.

Vorrei ora semplicemente tracciare alcune piste che possono contribuire a spiegare questo successo.

Faccio solo un rapidissimo accenno all'essenziale: l'intrinseca qualità dell'opera, la sua profonda originalità, la sua profondità originale, la sua differenza rispetto alla produzione corrente, la sua limpida stranezza e il suo potere di seduzione immediato e intellettuale. Si tratta di una vera e propria *opera*, ma sappiamo tutti che non è sufficiente creare un'opera perché questa venga riconosciuta.

Intorno all'opera di Perec si forma molto presto una rete di critici che ne promuove la bellezza e l'originalità. I diversi orientamenti della critica letteraria allora operanti in Francia si apprestano a trovare la prova delle loro ipotesi nel lavoro di Perec.

Gli adepti già un po' tardivi dell'analisi strutturale trovano nella sua opera strutture forti e originali che sono altrettanti strumenti di penetrazione verso il senso della forma. L'armamentario concettuale che permette un'analisi coerente e immediatamente efficace del testo perecchiano è pronto all'uso e, di conseguenza, al suo insegnamento.

I cultori della psicoanalisi scoprono molto presto complessi doppi fondi (quel libro senza la 'e', non sarà in verità senza "*eux*"? ["loro"], questo "*auteur*" non sarà per caso un "*ôteur*"? [toglitore]), che suonano falsamente in risonanza con le proposte lacaniane. E poi, lo stesso Georges Perec non è stato attore in prima persona della psicoanalisi in diverse fasi della propria vita: bambino con Françoise Dolto, adulto con Michel de M'Usan e dopo con Pontalis?

Il che non impedisce ai sociologi di speculare su *Les Choses* e *La Vie mode d'emploi*. Per non dire di *Je me souviens*.

I fautori della politica e dell'impegno scoprono un uomo che ha a cuore la sinistra, coinvolto nella riflessione teorica tramite la "Ligne générale", le cui preoccupazioni generazionali sono palpabili in *Quel petit vélo à guidon chromé au fond de la cour ?*

Coloro che dubitano che si possa ancora scrivere dopo Auschwitz trovano in Perec l'unico candidato credibile a partire dall'episodio della morte di sua madre in un campo di concentramento. *W* diventa così il modello di libro possibile.

E persino gli incensatori del "Nouveau Roman" trovano in lui una sorta di boccata d'ossigeno che giunge al momento opportuno nel campo del leggibile.

Si instaura così un dialogo ricco e immediato tra i libri di Perec e le varie forme della critica operanti nel suo tempo. La presa critica è forte e immediata.

Questo si spiega con il fatto che Perec, contrariamente a Queneau o Calvino, a Roubaud o Mathews, è prodigo di spiegazioni sui propri metodi e sulle proprie forme di produzione, in numerosi articoli e interviste, in cui non fa mistero delle *contraintes* che utilizza, delle difficoltà che incontra, e dei cantieri che avvia. Il suo studio di scrittore è aperto al pubblico che volentieri vi getta un'occhiata. Quando si constata con quale appetito i giovani ricercatori universitari si buttano sui testi critici ancor prima che sulle opere, si misura la fortuna critica che può avere un autore che ne condivida gli stessi modi.

Perec gode molto presto del sostegno fedele e talentuoso di alcuni critici particolarmente competenti, che immediatamente vedono la forza della sua opera e sanno dimostrarla: Marcel Bénabou, amico di sempre e co-oulipiano, Claude Burgelin, critico di eccezionale finezza che mette in prospettiva l'insieme dell'opera, Bernard Magné che ne fruga anche i recessi più oscuri, Mireille Ribière e tanti altri.

Lo stesso Oulipo, cui Perec deve tanto, è consapevole di quanto a sua volta deve a Perec, promuovendolo continuamente come oulipiano modello, facendo di lui la vetrina illuminata dei propri metodi. Perec è esibito come modello delle piccole forme (*What a man*, *Variations Proust*), come delle grandi (*La Disparition*, *La Vie mode d'emploi*). Al punto che alla sua morte l'Oulipo per un momento si pone la questione della propria sopravvivenza.

Non è quindi strano che i giovani ricercatori delle generazioni emergenti trovino la porta aperta sulla sua opera e abbiano già a disposizione gli strumenti per analizzarla ulteriormente. Né sorprende che i lettori scoprano un universo insolito ma i cui confini sono ampiamente illuminati dalla critica.

In qualche modo, si direbbe che l'opera di Georges Perec fosse attesa dalla critica del suo tempo, come i teorici dell'impegno aspettavano Sartre e Camus, come le femministe speravano in una Duras. Con la possibilità di eternità che questo comporta, e con anche tutti i rischi di eccesso. Essendo entrambi privilegio di ciò che dura.

(traduzione dal francese di Jean Talon Sampieri)

Olivier Salon

Dal problema dei 36 ufficiali
a La Vita istruzioni per l'uso

Nel 1778, il grande matematico svizzero Leonardo Eulero si interessa al problema denominato problema dei 36 ufficiali.

Siano dati 36 ufficiali, appartenenti a 6 differenti guarnigioni e aventi 6 gradi possibili, che si ripetano identici in ciascuna delle guarnigioni. Eulero vorrebbe disporli in un quadrato, quadrato di ufficiali, in modo che ogni riga e ogni colonna del suddetto quadrato contenga sia ciascuna delle 6 città della guarnigione che ciascuno dei 6 gradi.

Matematicamente il problema può essere formalizzato in questo modo: trovare un quadrato di ordine 6 in cui ogni casella contenga una coppia (x,y), dove x sia una lettera: a,b,c,d,e, oppure f, e y sia un numero: 1,2,3,4,5, oppure 6. Il quadrato dovrebbe avere le seguenti caratteristiche:

Ogni colonna deve contenere sia le 6 cifre che le 6 lettere possibili.

Ogni riga deve contenere sia le 6 cifre che le 6 lettere possibili.

Ma non basta! Perché in questo modo le soluzioni "banali" sarebbero numerose, ottenibili semplicemente permutando la prima riga: (a1), (b2), (c3), (d4), (e5), (f6). Bisogna aggiungere la condizione seguente:

Il quadrato deve contenere ognuna delle 36 coppie possibili[1].

---

[1] Eulero formulò il problema nel seguente modo: «è possibile disporre su una piazza quadrata 36 ufficiali, provenienti a 6 a 6 da 6 diversi reggimenti ed aventi, ciascuno di essi, 6 gradi militari differenti, in 6 righe e 6 colonne da 6 ufficiali ciascuna, in modo che in ogni riga e ogni colonna ci sia un ufficiale di ogni reggimento e di ogni grado?».

Sia n il numero delle caselle di ciascun lato del quadrato. E incominciamo a riflettere con valori inferiori a 6. Siccome $n = 1$ è banale, esaminiamo il quadrato di ordine 2. Si vede chiaramente che un tale quadrato è impossibile: non esiste nessun quadrato euleriano di ordine 2.

Passiamo a $n = 3$. Una breve ricerca ci conduce a questo quadrato euleriano di ordine 3.

	$j = 0$	$j = 1$	$j = 2$
$i = 0$	A, 1	B, 2	C, 3
$i = 1$	B, 3	C, 1	A, 2
$i = 2$	C, 2	A, 3	B, 1

In genere, possiamo adottare lo stesso procedimento ogni volta che n è un numero dispari, come in questo caso per il quadrato euleriano di ordine 5.

	$j = 0$	$j = 1$	$j = 2$	$j = 3$	$j = 4$
$i = 0$	1, 1	2, 2	3, 3	4, 4	5, 5
$i = 1$	2, 3	3, 4	4, 5	5, 1	1, 2
$i = 2$	3, 5	4, 1	5, 2	1, 3	2, 4
$i = 3$	4, 2	5, 3	1, 4	2, 5	3, 1
$i = 4$	5, 4	1, 5	2, 1	3, 2	4, 3

Restano da studiare i valori pari dell'intero n, a partire da $n = 4$, che separeremo in multipli di 4 e in multipli di (4 + 2).

Con $n = 4$, una ricerca un po' diversa da quella effettuata per n dispari conduce a questo quadrato euleriano:

	j = 0	j = 1	j = 2	j = 3
i = 0	A, 1	B, 2	C, 3	D, 4
i = 1	D, 3	C, 4	B, 1	A, 2
i = 2	B, 4	A, 3	D, 2	C, 1
i = 3	C, 2	D, 1	A, 4	B, 3

Partendo da questo quadrato di ordine 4, e spostandolo diverse volte, non è impossibile costruire quadrati euleriani con basi multiple di 4. Dunque arriviamo al seguente risultato, cui era giunto anche Eulero: per ogni numero intero n dispari e per ogni intero n multiplo di 4, esiste un quadrato euleriano di ordine n.

Restano gli interi n della formula: $n = 4k + 2$, e cioè i numeri 2, 6, 10, 14, 18 ecc. Il numero $n = 2$ conduce a una impossibilità. Il numero $n = 6$ corrisponde al problema dei 36 ufficiali cui Eulero non ha trovato soluzione. Con $n = 10$ il problema è ancora più complesso, tanto è alto il numero delle possibilità di ricerca. In ogni caso, queste ricerche conducono Eulero a formulare la seguente congettura:

Per ogni intero n della formula: $n = 4k + 2$, non esiste quadrato euleriano di ordine n.

Eulero si ferma qui. È tipico dei grandi matematici, non tanto dimostrare problemi antichi, quanto piuttosto formulare congetture interessanti che faranno progredire la scienza per decenni, nei secoli successivi (come nel caso del famoso teorema di Fermat).

Questa congettura compie un balzo in avanti nel 1900, quando il matematico francese Gaston Tarry (1843 - 1913) prova in effetti l'impossibilità di costruire tale quadrato euleriano di ordine 6. Eulero aveva impostato il giusto quesito con il suo problema dei 36 ufficiali, e non ne aveva trovato soluzione. Si era dovuto attendere più di 20 anni per riuscire a dimostrare che non vi fosse soluzione.

Altri matematici affrontano il problema, del quale resta da dimostrare che non c'è soluzione con $n = 10, 14, 18$ ecc.

Ma a quel punto nel mondo della matematica accade qualcosa di sorprendente. I tre matematici Bose, Parker e Shrikhande, nel 1959, trovano un quadrato euleriano di ordine 10. Provano così che Eulero si era sbagliato, che la sua congettura era errata (il che non è molto grave). A partire da questo quadrato euleriano di ordine 10 si potranno allora costruire dei quadrati euleriani di ordine 14, 18, 22 ecc.; il problema è risolto e può essere formulato definitivamente nel modo seguente: per ogni intero n maggiore di 1 e diverso da 2 e da 6, esiste un quadrato euleriano di ordine n.

È stato difficile riuscire a "inventare" il quadrato euleriano di ordine 10. In compenso, è un gioco da bambini constatare che il quadrato trovato dai tre matematici è proprio euleriano! Dalla figura qui sotto si può vedere che questo quadrato verifica le tre condizioni stabilite da Eulero.

A 1	G 8	F 9	E 10	J 2	I 4	H 6	B 3	C 5	D 7
H 7	B 2	A 8	G 9	F 10	J 3	I 5	C 4	D 6	E 1
I 6	H 1	C 3	B 8	A 9	G 10	J 4	D 5	E 7	F 2
J 5	I 7	H 2	D 4	C 8	B 9	A 10	E 6	F 1	G 3
B 10	J 6	I 1	H 3	E 5	D 8	C 9	F 7	G 2	A 4
D 9	C 10	J 7	I 2	H 4	F 6	E 8	G 1	A 3	B 5
F 8	E 9	D 10	J 1	I 3	H 5	G 7	A 2	B 4	C 6
C 2	D 3	E 4	F 5	G 6	A 7	B 1	H 8	I 9	J 10
E 3	F 4	G 5	A 6	B 7	C 1	D 2	I 10	J 8	H 9
G 4	A 5	B 6	C 7	D 1	E 2	F 3	J 9	H 10	I 8

Così siamo arrivati al 1959 e il problema dei 36 ufficiali, e più in generale il problema dei quadrati euleriani, è definitivamente risolto.

L'anno seguente, il 1960, vede la creazione dell'Oulipo che comprende matematici, matematici-scrittori, scrittori-matematici e scrittori. I due fondatori, François Le Lionnais e Raymond Queneau, sono scienzati e matematici di grande esperienza. Certe successioni portano il nome di successioni queniane (esiste una nota nei CRAS – Verbali dell'accademia delle scienze – di Raymond Queneau in merito), e François Le Lionnais ha scritto diverse opere generali, dal dizionario di matematica di cui è stato supervisore ai *Grands Courants de la pensée mathématique* che ha ideato prima e sùbito dopo la guerra e che viene pubblicato nel 1948 nei "Carnets du Sud". Claude Berge svolge la professione di matematico, specialista della teoria dei grafi, di cui proporrà alcune applicazioni degne di nota in àmbito letterario.

È proprio Claude Berge che, nel 1967, mostrerà il famoso quadrato euleriano di ordine 10 nel córso di una riunione dell'Oulipo. Ma ecco: che farne di un tale oggetto? Come sfruttarlo a fini letterari?

Per rispondere, citerò Perec (*Quatre figures pour La Vie mode d'emploi*, Revue l'Arc, n. 76):

> «Nel 1972, il progetto che sarebbe diventato *La vita istruzioni per l'uso* era scomposto in tre abbozzi indipendenti, del tutto vaghi. Il primo, intitolato "quadrati latini" datava 1967: si trattava di applicare a un romanzo (o a un insieme di novelle) una struttura matematica conosciuta con il nome di "bi-quadrato latino ortogonale di ordine 10". Questa idea era stata proposta all'Oulipo da Claude Berge che desiderava lavorarci con Jacques Roubaud e me.
>
> Il secondo abbozzo, ancora più impreciso, senza titolo e praticamente senza testo, prevedeva in modo vago la descrizione di un edificio parigino a cui fosse stata tolta la facciata.

Il terzo, infine, immaginato alla fine del 1969, durante la costruzione di un gigantesco puzzle che rappresentava il porto de La Rochelle, raccontava ciò che sarebbe diventata la storia di Bartlebooth. Il nome del personaggio, preso da [uno pseudonimo di] Valery Larbaud e da [un personaggio di] Hermann Melville, era già trovato [*Bartleby*, di Hermann Melville e *Barnabooth*, di Valéry Larbaud] e avevo steso un breve riassunto di due pagine.

I tre punti si misero a convergere bruscamente il giorno in cui mi accorsi che la struttura del mio edificio in sezione e lo schema del bi-quadrato potevano coincidere benissimo; ogni stanza dell'edificio sarebbe corrisposta a una delle caselle del bi-quadrato e a uno dei capitoli del libro; le permutazioni generate dalla struttura avrebbero determinato gli elementi costitutivi di ogni capitolo: mobili, arredi, personaggi, allusioni storiche e geografiche, allusioni letterarie, citazioni ecc. Al centro di queste storie costruite come dei *puzzles* l'avventura di Bartlebooth avrebbe occupato ovviamente un posto centrale. Variabili: *La vita, La vita (istruzioni per l'uso), La vita: istruzioni per l'uso, La vita, istruzioni per l'uso, La vita istruzioni per l'uso.*

Immeuble dessiné par Jacqueline Ancelot

Al fine di concretizzare i diversi schemi che stavo iniziando ad accumulare chiesi a una delle mie amiche, Jacqueline Ancelot, che studiava architettura, di disegnarmi la facciata dell'edificio; vi si possono riconoscere due o tre dettagli del romanzo che non sono più cambiati: il grande atelier di Hutting, in alto a destra, l'ingresso di servizio, il negozio con il suo retro, la portineria».

Ed ecco come Perec utilizza questo quadrato euleriano. Trova innanzitutto due serie da 10: per esempio 10 scrittori e 10 colori. Dispone i 10 colori nella colonna 0 del quadrato e i 10 scrittori nella riga 0 dello stesso quadrato euleriano di ordine 10. All'incrocio della colonna 3 e della riga 8 compariranno per esempio *rosso* e *Jules Verne*. Questo incrocio, come abbiamo visto, corrisponde alla descrizione di un appartamento preciso dell'edificio, e a un capitolo preciso che descrive questo appartamento così come i suoi occupanti. Il quadrato euleriano impone allora la presenza del colore rosso nel capitolo in questione, e anche il riferimento esplicito a *Jules Verne*. Questo significa anche che *Jules Verne* è equamente ripartito nell'insieme del libro, poiché appare una volta in ogni colonna dell'edificio e una volta in ciascun piano. Idem per il colore rosso. Inoltre *Jules Verne* e *rosso* dovranno comparire insieme in un solo capitolo.

Ora ciò che è stato fatto con lo scrittore e il colore va ripreso per gli altri elementi. In totale 21 serie di 10 elementi andranno a imporre in ogni capitolo la presenza obbligatoria e predeterminata di 42 elementi per il quadrato euleriano di ordine 10. Quando inizia un capitolo, Perec sa che deve utilizzare (come nel caso del gioco letterario chiamato "logo-rallye") 42 elementi, in un ordine arbitrario dunque senza vincoli. Saranno in gran parte questi 42 oggetti a generare la scrittura del capitolo. Non so perché Perec abbia scelto 21 liste di coppie di oggetti. Perché 21?

Vediamo, per esempio, nella tavola fuori testo riportata a pag. 80, appare la scheda compilata dall'autore dei 42 elementi obbligati del capitolo 2, all'incrocio della riga 4 e della colonna 8, e anche le schede dei capitoli 21 e 50.

La poligrafia del cavallo

Georges Perec non si sarebbe mai permesso di descrivere gli appartamenti di séguito (un capitolo per appartamento) in maniera convenzionale. Di conseguenza, nessun ordine naturale o bustrofedico. Perec si ricorda del gioco seguente, che consiste nel far percorrere una scacchiera (8 x 8) da un cavallo, passando da tutte le caselle e toccando ciascuna una sola volta. Questo problema ha diverse soluzioni. Perec testa allora la possibilità di percorrere allo stesso modo una scacchiera di 100 caselle. Ci riesce autonomamente, per tentativi cercando di impostare un percorso simmetrico in relazione ai quattro angoli del quadrato, secondo l'itinerario che egli chiama "poligrafia del cavallo".

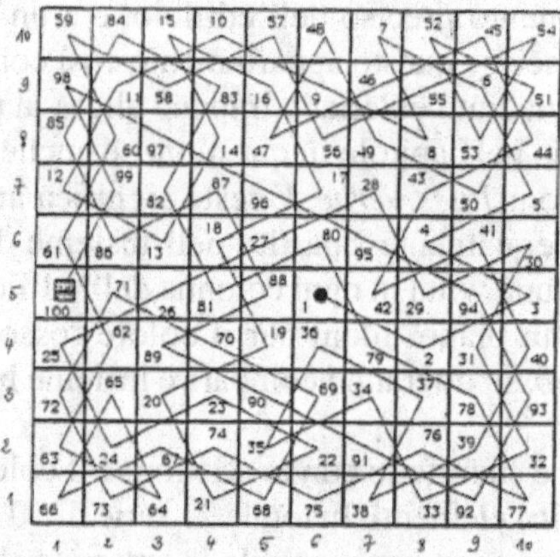

È facile constatare che il capitolo 15 descrive un appartamento sottotetto e che il 64 è interrato.

Una volta in possesso del grande quadro delle liste e delle regole di distribuzione, Perec redige, per ogni capitolo, la lista degli elementi che devono comparire. Così, al di là delle loro particolarità, tutti i fogli del quaderno delle imposizioni (*cahier des charges*) hanno una identica struttura standard e un'identica organizzazione spaziale:

Serie (a gruppi di 4):
[— Posizione — Attività — Citazione 1 — Citazione 2]
[— Numero — Ruolo — il terzo settore — Meccanismo]
[— Pareti — Pavimenti – Tempo — Luogo]
[— Stile — Mobili — Lunghezza (del capitolo) — Altro]
[— Età e sesso — Animali — Abbigliamento — Tessuti (tipo)]
[— Tessuti (materiale) — Colori — Accessori — Gioielli]
[— Letture — Musiche — Quadri — Libri]
[— Bevande — Cibi — Piccoli Mobili — Giocattoli]
[— Sentimenti — Pitture — Superfici — Volumi]
[— Fiori – Soprammobili – Mancanza – Falso]
[— Coppie – Coppie]

Notiamo, ed è questo un *clinamen* al quale Perec non poteva derogare, che le rubriche LACUNA e FALSO sono delle *"metacontraintes"* che contraddicono la regola generale, benché questa contraddizione si trovi annoverata nel quaderno delle regole. Più precisamente, i 40 elementi (tutti tranne gli ultimi due che sono due tipi di coppie) sono suddivisi in 10 gruppi da 4 (in ordine nel quadro che ho appena mostrato), numerati da 1 a 10, e ciò che mancherà o sarà falso oppure sarà uno dei 4 elementi del gruppo imposto dal quadrato euleriano corrispondente. Per esempio, nella lista che segue, il quadrato euleriano attribuisce 1 alla mancanza e 5 al falso. Ciò implica che nel capitolo corrispondente n. 21 mancherà uno degli elementi "pancia a terra, riparare, Butor e Lowry" (e in effetti sarà Butor) e sarà falso uno degli elementi "bambino, cane, camicia, a pois" (sarà il bambino, sostituito da un uomo fra i 35 e i 60 anni). Leggiamo, per esempio, l'inizio del capitolo 21, per vedere come procede Perec con i suoi 42 elementi. Prima, però, ascoltiamolo mentre commenta i suoi programmi definendoli un "motore per l'immaginazione", in un'intervista a Jean-Jacques Brochier:

«A partire da quel momento, feci entrare nel libro tutto quello che volevo raccontare: storie vere e storie false, brani di erudizione completamente inventati, altri invece scrupolosamente esatti. Il libro è diventato una vera e propria macchina per raccontare storie, tanto quelle lunghe tre righe come altre che si dipanano su diversi capitoli».

Chapitre XXI
Dans la chaufferie, 1

Un homme est couché **à plat ventre** sur le sommet de la chaudière qui alimente tout l'immeuble. C'est un homme **d'une quarantaine d'années** ; il ne ressemble pas à un ouvrier, mais plutôt à un ingénieur ou à **un inspecteur du gaz**; il ne porte pas des vêtements de travail, mais un costume de ville, une cravate **à pois**, une chemise de tergal **bleu ciel**. Il s'est protégé la tête en la couvrant d'un **mouchoir** rouge noué aux quatre coins qui évoque vaguement une calotte de cardinal.[2]

La parola «**lunghezza**» indica e dunque impone la lunghezza del capitolo. Qui a fianco, nella tavola fuori testo, appare la ripartizione dei capitoli secondo la loro lunghezza.

Si può constatare che il capitolo 16 è brevissimo (in effetti, 17 righe, mezza pagina appena, su un totale dei 570), che il capitolo 8 è lunghissimo (9 pagine piene), che il capitolo 80 dovrebbe essere molto breve, ma che la *contrainte* FALSO è caduta proprio in questo capitolo.

Di conseguenza, per illustrare il principio del *clinamen*, Perec lo trasforma in uno dei capitoli più lunghi: 11 pagine.

---

[2] CAPITOLO XXI - Nel locale caldaia, 1 - Un uomo è disteso bocconi in cima alla caldaia che alimenta tutto lo stabile. È un uomo sulla quarantina; non sembra un operaio, ma un ingegnere o un ispettore del gas piuttosto; non porta abiti da lavoro, ma da passeggio, una cravatta a pallini, una camicia di terital azzurro chiaro. Si è protetto la testa coprendola con un fazzoletto rosso annodato ai quattro angoli che fa venire vagamente in mente una berretta cardinalizia (da *La vita istruzioni per l'uso*, trad. di Dianella Selvatico Estense, Rizzoli, 1989).

Le **coppie** indicate da Perec sono celebri: per esempio Falce e Martello, la Bella e la Bestia, Stanlio e Ollio, Notte e Nebbia (non a caso![3]) Delitto e Castigo, Racine e Shakespeare, Agricoltura e Pastorizia...

Segnalo per finire che la scrittura de *La Vita istruzioni per l'uso* è retta da un buon numero di altre *contraintes*, ma qui mi sono limitato a quelle legate al quadrato euleriano di ordine 10.

(Per esempio, siccome la matrice dell'edificio è ordinata a partire dal suo angolo superiore sinistro da 1 a 0 sull'asse delle ascisse come sull'asse delle ordinate, ogni appartamento possiede una coppia di coordinate, da 00 a 99 (11 all'angolo superiore sinistro, capitolo 59). Questa coppia, vista come un numero a due cifre, compare allora sistematicamente, scritta in cifre, nel capitolo corrispondente.)

Considerazioni generali

Prendiamo ora in esame la questione della *contrainte* e del rapporto dello scrittore con essa. Si possono trovare tre casi:

Primo caso: l'autore sceglie una *contrainte* e il vincolo è visibile, immediato, non ha neppure bisogno di essere enunciato per essere còlto dal lettore.

Secondo caso: l'autore scrive con una *contrainte* e la enuncia fin dall'inizio della sua opera, permettendo al lettore al contempo di seguire (o di verificare) il vincolo nel córso della lettura, e di apprezzarne tutti gli effetti. Così, usufruisce due volte del testo e condivide con l'autore il piacere che questo genera.

---

[3] *Nuit et Brouillard* è un film documentario sui prigionieri politici internati nei campi di concentramento nazisti realizzato da Alain Resnais nel 1955. Il titolo si riferisce a una direttiva emanata da Hitler 1941 che ordinava la sparizione silenziosa degli oppositore al regime; nel 1963 Jean Ferrat ne farà una canzone. [N.d.T.].

Terzo caso: la *contrainte* ha svolto la funzione di motore, di catalizzatore permettendo all'autore solo di avviare la sua opera o persino di scriverla interamente.

Nel caso de *La vita istruzioni per l'uso*, si è verificata la terza ipotesi. Tutto quello che ho detto oggi non è necessario alla lettura e all'apprezzamento del romanzo di Perec. In compenso, ed è proprio ciò che abbiamo fatto, conoscere questi dati consente agli specialisti sia di avere una conoscenza più precisa, sia di avere un'altra percezione dell'opera e del modo di lavorare dell'autore, permettendoci di penetrare negli arcani del suo funzionamento e del suo pensiero.

Infine, per concludere, *La Vita istruzioni per l'uso* è un caso unico di vero romanzo (e non semplice racconto) la cui esistenza è dovuta a un oggetto matematico, un libro totale che è stato pensato solo in relazione a questo oggetto matematico: il quadrato euleriano di ordine 10, e dell'utilizzo che si poteva farne. Per la sua singolarità, questo oggetto valeva senz'altro la pena di essere studiato oggi.

(*traduzione dal francese di* Laura Brignoli Pusterla)

Jean Talon Sampieri

"L'arte della citazione" in Un Homme qui dort, *problemi di traduzione*

Alcuni anni fa ho visto un documentario proprio sulla difficoltà a tradurre Georges Perec, con due suoi traduttori, quello tedesco e quello inglese, che spiegavano le acrobazie traduttive cui obbligano i suoi romanzi *à contrainte* (il primo, Eugen Helmlé, era anche un suo caro amico e il solo, che io sappia, a potersi avvalere dei suoi suggerimenti nei lavori di traduzione). *Un Homme qui dort* non è un romanzo *à contrainte*, e tuttavia il gusto per il gioco e le potenzialità ludiche della lingua è presente con neologismi, filastrocche non-sense, collage di proverbi e frasi fatte, i cruciverba di un giornale che a un certo punto il protagonista del romanzo risolve a mente. Qui il livello letterale della lingua diventava significante (come nei giochi oulipiani, o nella poesia), rendendo necessario nel tradurre allontanarsi dalla lettera, che è in questi casi l'unico modo di essere fedele. Poi c'era il patchwork delle citazioni letterarie fittamente intessute nel testo che, per certi versi, presentava problemi analoghi. Il filo comune è il gioco e il dover stare al gioco del traduttore, che in questi casi più che il significato delle parole deve tradurre quello che le parole fanno.

Un Homme qui dort era già stato tradotto nel 1980 (cioè prima della pubblicazione in Italia della *Vie mode d'emploi*) da Maria Pia Tosti Croce; lascio ai lettori decidere quale delle due traduzioni sia migliore, ma su questo punto del gioco la traduzione esistente era tale da necessitarne una nuova. Faccio qualche esempio: il libro ha due blocchi narrativi che si giustappongono: uno è la descrizione degli addormentamenti dello studente protagonista del libro, l'altro è il racconto della sua vita ordinaria in cui giorno dopo giorno si educa all'indifferenza per tutto.

Tra le parole e le visioni sconnesse che accompagnano uno degli addormentamenti dello studente c'è una frase che gli ronza in testa come un problema irrisolto: «*le cavalier n'est jamais maître à cœurs à moins que le fausset n'ait été défaussé*» (letteralmente: il cavallo non prende a cuori a meno che il falsetto non sia stato scartato), la frase è un non-sense che suona come una filastrocca. Nell'originale c'è un'assonanza tra *fausset* (falsetto) e *défaussé* (scartato, nei giochi di carte); ma essendoci anche assonanza tra *fausset* e un virtuale *fossé*, *défaussé* potrebbe anche avere un significato prossimo a "scavalcare il fossato". Il non-sense gioca sulla quasi omofonia tra due parole di diversa grafia. Mi sono quindi sentito libero di tradurre con "il cavallo non prende a cuori se il fossato non l'ha scartato", con cui ho cercato di ricreare l'andamento da filastrocca con la rima baciata, mantenendo la sovrapposizione semantica dell'equitazione e del gioco a carte. La traduzione precedente era invece rimasta attaccata alla lettera del francese: "il cavallo non comanda mai a cuori, a meno che il *fausset* non sia stato scartato", che non è più una filastrocca non-sense, ma un'insensatezza; per giunta, con una parola francese, che per il lettore italiano è come un buco nella pagina.

Delle cinque definizioni del cruciverba sul giornale "Le Monde" che lo studente legge in un bar nel suo girovagare per Parigi, due erano facilmente adattabili in italiano: «*pas catholique quand on le baptise: vin*» (non è cattolico quando lo si battezza: vino; dove battezzare il vino sia in italiano che in francese significa annacquarlo, e *pas catholique* significa cosa non ammessa o poco corretta, simile al nostro "poco ortodosso"); «*l'article de la mort: la*» (l'articolo della morte: la; dove *article* indica la particella grammaticale, ma la frase intera viene dal latino *articulo mortis*, "in punto di morte"). Quindi: "È poco ortodosso battezzarlo: vino"; "Articolo di fede: la". Anche le altre tre definizioni a indovinello giocavano sul doppio senso (che mi dicono gli esperti essere il tipo di definizione classico nei cruciverba francesi), ma non erano né traducibili né adattabili: «*Sont inséparables quand ils sont brouillés*»: *œufs* (*brouillé* significa sia strapazzate che in litigio); «*Son existence précède l'essence*»: *Antar* (*essence* significa sia essenza che benzina, e "Antar" è un'azienda petrolifera francese); «*S'il est pour le vice c'est peut-être seulement parce qu'il est contre*»: *Amiral* (*vice* significa sia vizio che vice, e il contrammiraglio è il secondo dell'ammiraglio). Qui ho cercato di cavarmela spulciando i due volumi che raccolgono i cruciverba fatti da Perec per "Le Point", "Le Monde" e altri giornali, ma purtroppo ne ho trovato soltanto uno che faceva al caso mio: «*Elle aimait trop le parmesan*»: *Sanseverina*,"Le piaceva troppo il parmigiano: Sanseverina" (caso davvero fortunato di sovrapposizione italo-francese). Per gli altri due me la sono cavata con un indovinello da repertorio: "Una pianta che cammina: piede", e uno inventato di sana pianta: "Quando tira non fuma: camino". Ho comunque rispettato il principio di ogni indovinello giocato sul doppio senso, rispettando anche il numero di doppi sensi presente in ciascuno. Nella traduzione precedente le definizioni erano tradotte alla lettera: "non cattolico quando lo si battezza: vino"; "l'articolo della morte: la"; "inseparabili se strapazzate: uova"; "la sua esistenza precede l'essenza: Antar" (che così, senza doppi sensi, più che un indovinello, per il lettore italiano è una frase misteriosa); "Se sta per il vice forse è solo perché è contro: ammiraglio". Esempio, questo, di traduzione che non "sta al gioco", in cui si traduce quello che le parole significano e non quello che fanno.

Perec ha più volte parlato di un'«arte della citazione» che è un aspetto importante e presente in tutti i suoi romanzi. In una lettera del 1967 al proprio traduttore tedesco, egli lo avverte dei numerosi problemi cui si troverà di fronte, essendosi servito, spesso deformandoli, di una mezza dozzina di autori tra cui Kafka, Melville, Dante, Joyce ecc. «e il miracolo – aggiunge Perec – è che non si nota». A dire il vero gli autori citati, con vari gradi di deformazione, sono di più (Lamartine, Prévert, Apollinaire,

Diderot, Sartre, e sicuramente altri a me sfuggiti), ma forse non è un caso che Perec menzioni nella lettera solo gli autori stranieri, certamente consapevole delle insidie che questo comportava per il traduttore.

Qui l'effetto da mantenere era quello delle citazioni a un tempo rivelate e nascoste nel flusso della narrazione. Che è una questione che riguarda solo le citazioni testuali (o solo leggermente deformate) nascoste nel testo, e non le numerose allusioni esplicite, ammicchi, strizzatine d'occhio, *pastiches*, riassunti ecc.. La citazione nascosta da una parte può essere letta senza essere còlta, dall'altra genera un leggero salto di registro che la rivela. L'effetto nel lettore è come di una eco, un senso di *déjà vu* (ovviamente in chi condivide le stesse letture di Perec), una sorta di strana famigliarità (stranezza rispetto al resto della narrazione, famigliare perché ci ricorda qualcosa). Quando le citazioni erano da autori stranieri, era quindi necessario dare un'occhiata anche alle corrispondenti traduzioni italiane. Esempio: in un brano il cui senso generale è che ogni ribellione o impresa dello studente sarà vana, poiché tutta la sua vita è già definita in partenza: «*...Tes aventures sont si bien décrites que la révolte la plus violente ne ferait sourciller personne. **Tu auras beau descendre dans la rue et envoyer dinguer le chapeaux des gens**, couvrir ta tête d'immondices, aller nu-pieds...etc.* », che è un collage di allusioni a Breton messe lì come fossero luoghi comuni, c'era però una frase che si staccava dal resto e mi suonava all'orecchio come già sentita. Mi è bastato cliccarla su Google (grande vantaggio per me, questo, rispetto alla traduttrice precedente: Internet, infatti, contiene in sé il principio dell'intertestualità), per vederla nella prima pagina della traduzione francese di *Moby Dick* (che è il romanzo più citato nel libro). La traduzione è quella del 1941, di Lucien Jacques e Joan Smith, supervisionata da Jean Giono. Nella mia traduzione mi è quindi parso naturale far riferimento al *Moby Dick* tradotto da Cesare Pavese, che è un po' il suo corrispettivo italiano: «Hai un bel scendere in istrada e sbatter per terra il cappello alla gente...», dove "istrada", volutamente letterario, opera un leggero salto di registro e fa da piccolo segnale. E così ho proceduto con le altre citazioni da Melville, Kafka e Joyce. Questo problema della doppia traduzione non c'era nelle citazioni di poesia francese, però anche lì bisognava rispettare il gioco della citazione. In un capitolo verso la fine del libro, il vagare per Parigi dello studente prende la forma di un incubo che lo accomuna alla massa di reietti ai margini di tutto, definiti come *"Désespoir assis comme toi sur les bancs"*, che è la citazione del titolo di una poesia di Prévert: *Le désespoir est assis sur un banc*. Qui mantenere il segnale della citazione voleva dire adottare una traduzione letterale: "Disperazioni sedute come te sulle panchine" (come nella traduzione italiana di Giandomenico Giagni), mentre nella vecchia traduzione ("Disperati seduti come te...") la citazione veniva un po' indebolita.

All'inizio di un capitolo sul vagare per Parigi dello studente, Perec prende l'incipit del *Neveu de Rameau* e l'espande con una serie di variazioni (modo di usare la citazione che ricorda il *free jazz,* forma musicale cui Perec era interessato proprio per il suo aspetto citazionale): **«Qu'il fasse beau, qu'il fasse laid,** *que la pluie tombe ou que le soleil brille, etc. tu marches encore, tu traînes encore».* Qui era d'obbligo andare dietro a Perec con un calco: "Che faccia bello, che faccia brutto, che cada la pioggia o che splenda il sole eccetera...". Quando invece la citazione era da un poeta come Lamartine, che in Francia si studia a scuola, e del quale quasi tutti coloro che hanno fatto il liceo conoscono la poesia citata (*Le Vallon*), mentre in Italia è un poeta poco conosciuto e nemmeno tradotto, nel tradurre mi sono sentito più libero. Non escludo però di sostituire questa citazione con un verso di qualche nostro poeta ottocentesco di condivisa memoria scolastica nella prossima edizione (a condizione, ovviamente, di trovare un verso funzionalmente equivalente). Ma il vero rompicapo si è rivelata essere la/e citazione/i da Dante, che non riuscivo a trovare. Ho quindi consultato il dossier di Stéphane

Bigot per l'edizione scolastica di *Un Homme qui dort*, ove, poche righe dopo il non-sense di cui si è detto, viene data come una ripresa di Dante la frase: « *des foules qui montent et descendent, vont et viennent...* », da « *qui montèrent et descendirent, allèrent et vinrent dans les rues* » ("La divina commedia", canto XVII, senza specificare se dell'*Inferno*, *Purgatorio* o *Paradiso*, e senza dare riferimenti ulteriori). In nessuna delle tre cantiche, di cui ho consultato tre diverse traduzioni francesi, al canto XVII c'è un verso che ricordi anche solo vagamente questa frase (in cui per giunta suonava davvero strana quella parola *'rue'*, piuttosto che *'voie'* o *'chemin'*). L'ho allora cliccata su Google ed è apparso un brano di *Zazie dans le métro*: «*...les tombes s'entassent des parisiennes, qui montèrent, qui descendirent des escaliers, allèrent et vinrent dans les rues et tant firent qu'à la fin ils disparurent...* ». Dunque, Perec qui cita verosimilmente Queneau, che a sua volta allude a Dante. O meglio, entrambi alludono a Dante, ma non si tratta di una citazione testuale. E comunque, quand'anche avessi trovato le citazioni da Dante, avrei avuto il problema del grande salto di registro generato dalla lingua dantesca in italiano. Con possibili conseguenze analoghe a quelle capitate al traduttore inglese della *Vie mode d'emploi*. Racconta David Bellos, nel documentario cui accennavo all'inizio, che ne *La Vie mode d'emploi* c'è una citazione testuale dall' *Ulysses* di Joyce che occupa più di mezza pagina: all'uscita della traduzione in Inghilterra alcuni critici gli hanno rimproverato proprio quella mezza pagina, accusandolo di non saper scrivere in inglese.

Sempre nel documentario, il traduttore e amico tedesco Helmle racconta di quanto Perec lo incoraggiasse a modificare e reinventare il testo de *La Vie mode d'emploi* pur di mantenere nella traduzione tutte le *contraintes* e i giochi occultati nel libro.

Se, come amava ripetere Perec, scrivere è un gioco che si gioca in due, anche il traduttore è chiamato a giocare, e a fare il possibile perché il gioco sia giocato da tutti.

Eliana Vicari Fabris

La par condicio sui generis

Mentre le traduzioni comuni mirano a trasferire principalmente il senso di un testo da una lingua all'altra – tanto che non di rado anche la poesia viene trasformata in prosa –, quelle oulipiane tendono a scopi ben diversi[1]. Innanzi tutto sono essenzialmente intralinguali – la riformulazione avviene all'interno dello stesso idioma – e in secondo luogo molto spesso non si propongono di rendere fedelmente il senso della fonte ma intendono preservare altre componenti, quelle che in genere vengono modificate in modo radicale dalla traduzione canonica. Ne consegue che il contenuto del testo di arrivo talvolta non coincide affatto con quello di partenza. A titolo illustrativo, citerò tre esempi fra i più noti, due dei quali figurano perfino nel minuscolo *Abrégé de littérature potentielle* a vocazione divulgativa: la traduzione omofonica, la traduzione antonimica e le traduzioni lipogrammatiche.

La prima persegue una fedeltà squisitamente sonora, traducendo – si potrebbe dire – il suono anziché il senso, privilegiando cioè la riproduzione degli aspetti materici e disinteressandosi completamente del contenuto:

> Procéder à une traduction homophonique, c'est s'efforcer de garder, en passant d'une langue à une autre, non le sens (comme le font d'ordinaire les traducteurs), mais la matière phonique, en d'autres termes la substance sonore, du texte de départ[2].

---

[1] Per una definizione più completa vedere per esempio OULIPO, *Atlas de littérature potentielle*, Paris, Gallimard (Coll. Folio Essais), 1981, p. 143.

[2] OULIPO, *Abrégé de littérature potentielle*, Éditions Mille et une nuits et Oulipo, 2002, pp. 25-26.

Mentre la seconda, effettuata all'interno della stessa lingua, può generare addirittura enunciati dal significato contrario rispetto a quello di partenza:

> La traduction antonymique consiste, dans un énoncé donné, à remplacer chacun des mots importants (substantif, verbe, adjectif, adverbe) par un de ses antonymes possibles, c'est-à-dire son contraire[3].

Va da sé che l'applicazione della *contrainte* comporta nella fattispecie una trasformazione semantica radicale. Così l'incipit proustiano « Longtemps, je me suis couché de bonne heure », rimaneggiato da Perec, diventa « Une fois, l'autre fit la grasse matinée »[4].

La terza tipologia, come la seconda, è intralinguale. Le traduzioni lipogrammatiche modificano la fonte grazie all'omissione di una lettera dell'alfabeto[5]. Così, dall'incipit della *Recherche* derivano una serie di variazioni che comportano talvolta anche sensibili cambiamenti di significato. Se nel caso specifico il lipogramma in «a» lascia immutato l'enunciato di partenza, quello in «r» ne rinnova solo il sintagma finale – « Longtemps je me suis couché à la tombée de la nuit (avec les poules) » – mentre quello in «e» lo rimaneggia in modo significativo: « Durant un grand laps, on m'alita tôt, trop tôt pour moi ».

Dal punto di vista del traduttore, questi esercizi nascondono parecchie virtù[6] e offrono innegabili vantaggi. Grazie alla *contrainte*, traduttore non rima più fatalmente con traditore. Perché al mito della fedeltà totale, della copia

---

[3] OULIPO, *Abrégé de littérature potentielle*, *op. cit.*, p. 29.

[4] *Ibid.*

[5] Vedere a riguardo, *Atlas de littérature potentielle*, *op. cit.*, p. 212, dove figurano anche le trasformazioni firmate da Perec che mi accingo a trascrivere.

[6] In particolare, la traduzione omofonica ha il merito di condensare con folgorante e provocatoria rapidità pagine e pagine teoriche, ricordando che la fedeltà è plurale e che quella meramente semantica non va scambiata con la fedeltà *tout court*.

conforme all'originale, viene contrapposta una fedeltà circoscritta, i cui limiti sono dichiarati senza inganni. Questo permette di trasformare l'inevitabile sconfitta in un successo parziale e di tramutare un'operazione spesso disforica in una sfida ludica, introducendo una nota giocosa, capace di controbilanciare il "lutto legato alle perdite"[7]. Nella traduzione, come nella scrittura, adottare un vincolo per scelta consente infatti di superare la vertigine del paradigma e al contempo di esplorare le potenzialità del linguaggio.

Questo tipo di considerazioni mi ha portata a cercare di immaginare una nuova *contrainte*[8]. È nata così la *par condicio sui generis*.

La *par condicio sui generis* è una traduzione intralinguale transessuale. Per ottenerla basta partire da un testo letterario e riformularlo nella lingua in cui è stato scritto, sostituendo tutte le parole maschili (compresi i nomi propri) con parole femminili e viceversa[9]. La realizzazione del trapianto prevede l'uso di strategie, stratagemmi ed errori-orrori tipici della traduzione interlinguale dal *contresens* alla compensazione, dalla perifrasi alla sineddoche.

---

[7] Causa di innumerevoli atti di flagellazione da parte di traduttori e traduttologi.

[8] Che, me ne accorgo un po' tardi, del tutto nuova non è. Se la traduzione antonimica trovava un plagiario per anticipazione in Valéry, la mia *par condicio sui generis* non manca certo di antesignani. Fra gli esercizi di stile scritti da Queneau – e poi eliminati dall'edizione definitiva del 1973 - figura per esempio *Féminin* (riportato anche nella nuova edizione di *Esercizi di stile*, Einaudi, 2005, p. 240). In *Atlas de littérature potentielle* si parla, poi, di *traduction transsexuelle* (*op. cit.*, p. 156). Consultando il sito dell'Oulipo non sarà difficile scoprire, infine, *la traduction paritaire* firmata da Roubaud e un articolo di Bénabou, intitolato non senza humour *La Parité chez les bêtes*. Li conoscevo? Certo non gli ultimi due. Quanto agli altri, uno almeno lo avevo probabilmente letto, letto e scordato: come Montaigne, « j'oublie mes sources ». Del resto basta scorrere i testi sopraccitati per rendersi conto che il legame che li unisce alla mia *contrainte* e all'esercizio che ne deriva è molto meno forte di quanto ci si potrebbe aspettare.

[9] Applicata all'incipit proustiano, darebbe: « Des années et des années, je me suis couchée entre chien et loup ».

Definita la regola, a mo' di campione illustrativo ho tradotto dal francese al francese un brano di Perec, «Attention aux variations! », che parla di un quadro destinato a suscitare l'entusiasmo del pubblico perché contiene al suo interno, grazie a una serie di *mises en abyme*, diverse riproduzioni sempre rinnovate del dipinto stesso[10]. L'applicazione della *contrainte* determina una trasformazione profonda della fonte (restano invariate solo le unità non caratterizzate dal genere: molti avverbi, certi pronomi, la maggior parte dei verbi o delle congiunzioni). Il tessuto linguistico che ne risulta appare notevolmente modificato: se rispetto al testo di partenza quello d'arrivo è meno preciso e implica slittamenti denotativi e/o connotativi, in compenso è più ricco di neologismi, termini argotici, rari, desueti, arcaici[11]. L'effetto straniante – che in qualche modo ricorda *La Disparition* - è rafforzato anche dall'introduzione di personaggi e situazioni improbabili o sorprendenti come avviene nella parte finale della traduzione dove fanno capolino una cammella con un'unica gobba, un uomo velato o una campionessa di boxe che viene colpita dall'avversaria non da un uppercut, ma da una sberla micidiale.

L'esercizio non ha nulla di meccanico o di automatico e non lascia spazio alla monotonia. Ogni frase racchiude

---

[10] L'esercizio è incluso nella raccolta *A Georges Perec*, Napoli, Edizioni Oplepo, Biblioteca Oplepiana n. 34, 2012 p. 44-45. Per la traduzione sono partita da un passo che figura nell'unità consacrata all'Oulipo, pubblicata nell'antologia *Écritures* (Valmartina, 2009, p. 371) cui avevo collaborato. La scelta dell'autore era dettata da un vincolo ben preciso (il testo doveva essere un omaggio allo scrittore oulipiano). Quanto al brano, per rendere l'esperimento il meno arbitrario possibile, ho deciso di attenermi a quello che avevo selezionato in precedenza per l'antologia sopraccitata,

[11] Simili trasformazioni, è facilmente intuibile, potrebbero fornire spunto a commenti traduttologici potenzialmente infiniti e del tutto nuovi. L'esplicitazione della *contrainte* impone infatti un rovesciamento dell'approccio esegetico. Poiché la posta in gioco è il gioco e le cantonate sono calcolate, l'analisi del testo d'arrivo non potrebbe risolversi in una caccia all'errore, come di norma accade, ma sarebbe chiamata a individuare volta a volta le ragioni sottese alle singole scelte. Sciogliere enigmi, dare un senso anche al controsenso. Una bella svolta per la traduttologia!

una sfida, un problema che richiede una soluzione. La *contrainte* assicura coerenza alle scelte più disparate, conferisce unità all'insieme, permette di cogliere con la massima libertà le opportunità offerte da ogni parola. Infatti la scelta di un vincolo autorizza l'impiego di una gamma di procedimenti molto più ampia di quella ammessa dalla traduzione editoriale. Qualche esempio basterà a evocare la vastità degli espedienti cui si può ricorrere in una versione *sui generis*:

– la traduzione metonimica o sineddotica: il patronimico Garten presente nella fonte ('giardino', in tedesco) è stato trasformato in Rabatte ('aiuola'), sfruttando la contiguità semantica che unisce i due termini.

– La traduzione paradigmatica: i vocaboli virtualmente interscambiabili confluiscono tutti – almeno idealmente - nel testo d'arrivo, senza vaglio preventivo e ponderato delle opzioni contemplate dal paradigma. Mi sono avvalsa di questa strategia per trapiantare sostantivi come *quidam* o *peintre*, di cui ho riportato i femminili registrati dal *Grand Robert* e dal *Trésor de la langue française*. Lo stratagemma che può essere adoperato a mo' di compensazione (in francese *un peintre* è usato per designare correntemente anche una pittrice che porti gonnella e rossetto), genera elenchi sinonimici di lunghezza variabile che ammiccano a Perec.

– La traduzione errata basata sulla pseudo omografia: il collezionista del romanzo si chiama Hermann. Ora, questo nome è scomponibile in *Her* e *mann*. Trasformato *mann* in *dame* (una trasformazione transessuale legittima dal punto di vista semantico), ho deciso di sfruttare le potenzialità insite in *Her*, avverbio di luogo in tedesco che si distingue da *Herr* «signore» per una sola lettera. Giocando la carta della svista favorita dall'affinità grafica, l'ho tradotto allora con *Frau* ottenendo Fraudame, una Signoradonna insomma. Il segmento ridondante dal sapore doppiamente femminile, errato ma graficamente giustificabile, compensa pesanti entropie (è evidente per esempio che Garten e Rabatte rimandano a referenti di proporzioni ben diverse e che la stazza di *Mann* non può che essere più imponente di quella di una *Dame*, che pur emigrata in Germania, non può che conservare un'esile e *svelte* silhouette, poiché, si sa, *French women don't get fat*).

– La traduzione etimologica: *chevalet* (usato da Perec nella sua accezione tecnica e pittorica di «cavalletto») lascia il posto a *cavalette de peintre*. Scartate varie alternative che sembravano poco convincenti, ho deciso di procedere a una traduzione etimologica. Considerato che *chevalet* è formato da *cheval* più il suffisso diminutivo *-et*, avrei potuto optare per *jument* («giumenta») o *pouliche* («puledra»), ma alla fine ho preferito *cavale* (una cavalla di razza più poetica, rara e blasonata) cui ho poi aggiunto il suffisso femminile *-ette* ricavando *cavalette*, che ha anche il merito di essere più fedele alla componente sonora del lessema-fonte. Visto che i traduttori - peccando per eccesso di zelo - sono soliti esplicitare anche là dove non è necessario, al vocabolo coniato ho infine giustapposto il segmento *de peintre* ottenendo il sintagma sopraccitato.

Il gioco è così sovversivo[12] e così divertente per chi si cimenta che forse non sarebbe inopportuno creare una fondazione: l'Istituto della traduzione *sui generis*. Chi non ha sentito leggendo un testo – a prescindere dalle qualità intrinseche – l'interesse che potrebbe avere un cambiamento di genere? Anche solo quello del protagonista? Tutta la letteratura mondiale dovrebbe essere oggetto di siffatte operazioni, a partire dall'*Odissea* o da *Madame Bovary*.

---

[12] La *par condicio sui generis* è necessaria. Il progresso la impone. Tanto più che la recente storia italiana ci insegna che la parità non si raggiunge a suon di riforme politiche o grammaticali femministicamente corrette (se il termine "ministra" è diventato corrente – ma con quali connotazioni? – "professoressa", il cui uso è attestato da secoli, pur resistendo bene al liceo, tende a essere soppiantata da «professore» all'università, quasi a ribadire che potere e prestigio sono maschili). Nel migliore dei casi, quindi, cambiano le forme, resta immutata la sostanza. Un campo in cui, invece, quote rosa e azzurre acquistano un peso davvero rilevante è la letteratura. Nella fattispecie, le trasformazioni di genere sortiscono automaticamente effetti dirompenti. Perché, in letteratura, se cambia la forma, cambia la sostanza!

Ma allora che ne sarebbe dei Proci, di Elena o di Calipso? Quali metamorfosi subirebbero le letture di Emma o il suo famoso ballo, che fine farebbero i versi di Lamartine pronunciati nella scena dell'idillio? Penelope andrebbe sul serio alla guerra? Charles, da tradito, diventerebbe traditore?

Chissà! Quel che è certo è che un simile procedimento potrebbe originare più di centomila miliardi di opere, tutte egalitarie, tutte sostanzialmente corrette, tutte esemplari quanto a ripartizione di quote rosa e azzurre!

Biblioteca Oplepiana

Ruggero Campagnoli, *Edulcoranti*, con cento tempere, *Coloranti*, di Giuseppe Radicchio (1990, 1)

Aldo Spinelli, *L'uso delle istruzioni*. Rigrafia (1991, 2)

Giuseppe Varaldo, *Canto tenero*. Mitografemi (1992, 3)

Ruggero Campagnoli, *Deliri edipici*. Sonetti palindromici (1992, 4)

Piero Falchetta, *Frammenti in vita*. Combinazioni monorime con commento (1993, 5)

Ruggero Campagnoli, *Vocalizzi Zulu*. Sonetti monovocalici latenti, con 5 serigrafie, *Proiezioni e vocali in ombra*, di Giuseppe Radicchio (1994, 6)

Elena Addòmine, *Forme For me*. Traduzioni omografiche (1994, 7)

Raffaele Aragona, *La viola del bardo*. Piccolo Omonimario Illustrato (1994, 8)

Aldo Spinelli, *Le ripartite*. Rimbalzo statistico (1994, 9)

Ruggero Campagnoli, *Sestine per modo di dire*. Testi locuzionali semiautomatici (1994, 10)

Sal Kierkia, (a cura di) *L'isola teletrasportata*. Anagrafie (1996, 11)

Paolo Albani, *Geometriche visioni*. L'alfabeto raffigurato (1996, 12)

Paolo Albani, *Rose osé*. Lettere rubate (1998, 13)

Màrius Serra i Roig, *Turandot espuri*. Solfeix (1998, 14)

Luca Chiti, *L'infinito futuro*. Sillabe in crescenza (1999, 15)

Oplepo, *Giallo di Anghiari*. Misteri obbligati (1999, 16):
- *Analisi finale*, di Elena Addòmine
- *La disparizión*, di Raffaele Aragona
- *Alloro per loro*, di Brunella Eruli
- *Una parola d'oro*, di Piero Falchetta
- *Numero tredici*, di Sal Kierkia
- *Un caffè per tre*, di Giuseppe Varaldo

Oplepo, *Esercizi di stime*. Acronimi elogiativi (2000, 17):

- Elogio dell'*Opera poetica limitante entropiche profondità ombelicali*, di Elena Addòmine
- Elogio dell'*Oscurità poetica laureata esibendo parole oblique*, di Paolo Albani
- Elogio di *Ogni poema lipogrammatico esprimente potenzialità oscurate*, di Raffaele Aragona
- Elogio dell'*Ospedale per lemmi esausti, provati, obesi*, di Alessandra Berardi
- Elogio dell'*Operosa pastorelleria legata, elegantemente poco ortodossa*, di Luca Chiti
- Elogio dell'*Ostinazione: premere lemmi endecasillabici produce olio*, di Brunella Eruli
- Elogio dell'*Ostracismo politico, legge emarginata, punto O*, di Sal Kierkia
- Elogio dell'*Osar poetare liberamente, evitando penalizzanti ortodossie*, di Maria Sebregondi
- Elogio dell'*Ombra, proiezione labile eppure pressoché onnipresente*, di Giuseppe Varaldo

Luca Chiti, *Il centunesimo canto*. Philologica dantesca (2001, 18)

Paolo Albani, *Fantasmagorie*. Parole in bianco (2001, 19)

Giulio Bizzarri, *Art caveau*. L'invisibile pittura (2001, 20)

Ermanno Cavazzoni, *Morti fortunati*. Slittamento proverbiale (2001, 21)

Oplepo, *Il doppio*. Due per uno (2004, 22):

- *Doppio segno*, di Alessandra Berardi
- *Piccolo dizionario double-face*, di Anna Regina Busetto Vicari
- *Il doppio imperfetto con rimbalzo*, di Brunella Eruli
- *La scoperta dell'America*, di Domenico D'Oria
- *Duplex*, di Edoardo Sanguineti
- *Doppia lingua*, di Elena Addòmine
- *Il romanzo equivoco*, di Ermanno Cavazzoni
- *Specchio*, di Giulio Bizzarri
- *Senso doppio/Doppio senso*, di Giuseppe Varaldo
- *Kamasutre*, di Maria Sebregondi
- *Il punto di vista, anche*, di Paolo Albani
- *Teoremi e assiomi*, di Piergiorgio Odifreddi
- *Raddoppi*, di Raffaele Aragona
- *Doppio doppio*, di Sal Kierkia
- *Doppio*, di Giuseppe Radicchio

Piergiorgio Odifreddi, *Riflessi in uno zaffiro orientale*. Diari minimi di viaggi effimeri (2005, 23)

Sal Kierkia, *Preludi*. Tempo obbligato (2005, 24)*

Oplepo, *A Italo Calvino* (2005, 25):

- *La galleria dei destini incrociati*, di Paolo Albani
- *Rapsodia di fiori in blu*, di Brunella Eruli
- *Permutazioni bibliografiche*, di Domenico D'Oria
- *Lezioni italo-americane*, di Elena Addòmine
- *Alluvione d'aiuole*, di Sal Kierkia
- *Conoscenza della forma*, di Anna Regina Busetto Vicari
- *Italo Calvino in ottava*, di Giuseppe Varaldo
- *Sulla luna giraffa*, di Maria Sebregondi
- *Paronomàsie*, di Raffaele Aragona

Oplepo, *Chimere*. Esercizi finzionari (2006, 26):

- *La Chimera Incapricciata*, di Anna Regina Busetto Vicari,
- *La chimera di Spoon River*, di Brunella Eruli
- *Kimerik polito-logico*, di Domenico D'Oria
- *Chimere shakespeariane*, di Elena Addòmine
- *Sonetto della Chimera*, di Edoardo Sanguineti
- *Percorsi per-versi d'una chimera*, Giorgio Weiss
- *Manghiscoli*, di Ermanno Cavazzoni
- *Chimere*, di Giuseppe Varaldo
- *Tradurre, una chimera? PER-QUE-NEAU!*, di Maria Sebregondi
- *Mi illudo*, di Paolo Albani
- *Chimere napoletane*, di Raffaele Aragona
- *I cosi così*, di Sal Kierkia

Maria Sebregondi, *Centomila miliardi di chimere*. Combinatoria per una traduzione (2007, 27)

Oplepo, *Sirene*. Fascinazioni (2008, 28):

- *Le sirene: Partenope e le altre*, di Elena Addòmine
- *Il canto delle Sirene*, di Alessandra Berardi
- *La fine della Sirena*, di Anna Regina Busetto Vicari
- *Quel che c'è in una sirena*, di Brunella Eruli
- *Io sono*, di Daniela Fabrizi
- *Sette variazioni sul canto notturno delle sirene*, di Paolo Albani
- *canzone ansiosa: scorcio amoroso con sirene*, di Raffaele Aragona
- *Sulla copulabilità della Sirena*, di Ermanno Cavazzoni
- *Da Trieste a Vieste*, di Domenico D'Oria
- *Desinere in piscem*, di Sal Kierkia
- *ballatella delle sirenelle*, di Edoardo Sanguineti
- *Sirenate*, di Giuseppe Varaldo
- *La sirena Partenope*, di Giorgio Weiss

Oplepo, *Le leggi della tavola*. Regole per tutti i gusti (2009, 29):
- *Corona di sonetti gastronomici*, di Elena Addòmine
- *Rimembranze culinarie alla maniera di Perec*, di Paolo Albani
- *La contrainte à la carte*, di Raffaele Aragona
- *Indovina chi sviene a cena?*, di Alessandra Berardi
- *Uova sode*, di Anna Regina Busetto Vicari
- *Vite di golosi*, di Ermanno Cavazzoni
- *Il "chilometro libero"*, di Lorenzo Enriques
- *La dieta oplepiana*, di Brunella Eruli
- *Dialogo in green*, di Daniela Fabrizi
- *A mensa*, Sal Kierkia
- *Distichetti alfabetici artusiani*, di Edoardo Sanguineti
- *Menu Adriatico (Carme-non-figurato) / Ferran Adrià & Carme Ruscalleda*, di Màrius Serra
- *Elogio della farinata*, di Giuseppe Varaldo

Edoardo Sanguineti, *Capriccio oplepiano*. Pretesti (2010, 30)

Oplepo, *A Edoardo Sanguineti* (2010, 31):
- *Che cos'era Sanguineti*, di Elena Addòmine
- *Gli «ii» di Sanguineti*, di Paolo Albani
- *Beau présent per E.S.*, di Raffaele Aragona
- *Trittico*, di Carlo Battisti
- *Tombeau présent*, di Marcel Bénabou
- *Ritratto in rime*, di Alessandra Berardi
- *Trilogia per Sanguineti*, di Giulio Bizzarri
- *Mancanza*, di Brunella Eruli
- *Epistolina per E.S.*, di Sal Kierkia
- *Niente funerali di Stato per Sanguineti*, di Valerio Magrelli
- *Per un'ebbrezza di ri-cordanze*, di Marco Maiocchi
- *Il Sanguineti-pensiero*, di Mario Persico
- *In memoriam Edoardo Sanguineti*, di Jacques Roubaud
- *Les set rimes de Sanguineti*, di Màrius Serra
- *Oca veloce*, di Aldo Spinelli
- *Frenosonetto*, di Giuseppe Varaldo

Oplepo, *Le confessioni di italiano*. Peccati di lingua (2011, 32):
- *Imperdonabile*, di Elena Addòmine
- *Alla maniera del Reverendo Spooner*, di Paolo Albani
- *Peccati accentuati*, di Raffaele Aragona
- *Un peccato originale di finale*, di Alessandra Berardi
- *Due punti: a capo*, di Daniela Fabrizi
- *Parodia blasfema*, di Sal Kierkia
- *Confesso que he menjat espaguetis*, di Màrius Serra
- *Di lemmi numerici*, di Aldo Spinelli
- *Concessioni,* di Giuseppe Varaldo

Paolo Pergola, *Lessico famigliare*. Operazioni alla lettera (2012, 33)

Oplepo, *A Georges Perec* (2012, 34)

TESTI

- *New York, istruzioni per l'uso*, di Elena Addòmine
- *Je me souviens visuellement de Georges Perec*, di Paolo Albani
- *Mistraduzione*, di Raffaele Aragona
- *Epitalamio*, di Raffaele Aragona
- *un sixtin musical,* di Michèle Audin (avec Georges Perec)
- *Une morale pour Perec*, di Marcel Bénabou
- *L'inizio di Erec*, di Laura Brignoli Pusterla
- *per perec*, di Anna Busetto Vicari
- *Profilo*, di Massimo Gerardo Carrese
- *Racconto pittografico*, di Ada De Pirro
- *Crepe, crêpe e una prece per Perec*, di Daniela Fabrizi
- *Les dictons de Georges Perec*, di Paul Fournel
- *Un acrostiche brivadois*, di Jacques Jouet
- *Sapere come classificare*, di Paolo Pergola
- *leben eben. perecs leben. es lebe perec*, di Astrid Poier-Bernhard
- *Dix-neuf aventures de Perec*, di Jacques Roubaud
- *Georges Perec: portrait*, di Hermes Salceda
- *Georges Perec*, di Olivier Salon
- *Rebus*, di Antonella Sbrilli
- *Non, je ne me souviens pas!*, di Gigi Spina
- *Definizionario*, di Aldo Spinelli
- *Identikit lessicali*, di Giuseppe Varaldo
- *Une expo à succès*, di Eliana Vicari Fabris
- *Per Perec*, di Giorgio di Weiss
- *Parole in ordine*, di Gianni Zauli

SAGGI

- *Sui comportamenti bizzari tenuti nella sfera del privato*, di Paolo Albani
- *La Scienza delle Distruzioni,* di Raffaele Aragona
- *A proposito della "indeterminatezza semantica" della canzone italiana*,
  di Ermanno Cavazzoni & Jean Talon
- *Un'altra scomparsa*, di Furio Honsell
- *Modellistica dell'Attrazione Fatale*, di Paolo Pergola

Oplepo, *Je me souviens*. Per Brunella Eruli (2012, 35)

di Afro Somenzari, Alessandra Berardi, Anna Busetto Vicari, Claude Debon, Dario Giugliano, Elena Addòmine, Eliana Vicari, Giuseppe Varaldo, Jacques Jouet, Laura Brignoli, Marcel Bénabou, Maria Sebregondi, Mario Persico, Paolo Albani, Raffaele Aragona, Thieri Foulc

Giuseppe Varaldo, *I costretti sposi*. 50 regole, 50 ottave (2014, 36)

Quaderni dell'Oplepo

Luigi Malerba, *I neologissimi* (2013, 1)

Oplepo, *Georges Perec, trent'anni dopo* (2014, 2)
- *Perec: costrizione e libertà*, di Paolo Albani
- *Perec e l'arte di elencare*, di Raffaele Aragona
- *L'influenza di Perec sulla letteratura contemporanea*, di Marcel Bénabou
- *I traduttori di Perec in Italia*, di Camille Bloomfield
- *Il doppio legame e il cappio del traduttore*, di Laura Brignoli Pusterla
- *Altre scomparse*, di Piero Falchetta
- *Perec e la critica*, di Paul Fournel
- *Dal problema dei 36 ufficiali a* La Vie mode d'emploi, di Olivier Salon
- *L'arte della citazione*, di Jean Talon Sampieri
- *La par condicio sui generis*, di Eliana Vicari Fabris